세상 밖으로
날아가다

백두대간을, 알프스를,

까미노 데 산티아고를, 히말라야를

그리고 존 뮤어 트레일을 함께 걸었던

김강회와 이동민을 추모하며

세상 밖으로
날아가다

최영국 산악소설

존 뮤어 트레일
그 끝없는 길을 걸으며 만난
사람들 자연들 그리고 나 자신

바른북스

1975년 겨울, 스물의 나이에 '한국뽠트클럽'이라는 작은 산악회를 만들었다.

더 높은 산을, 더 험한 암벽을 오르는 게 좋아서 시작한 취미가 어느덧 반세기가 흘렀다. 그 사이에 셀 수 없이 많은 산을 오르내렸고 고단한 발자국과 거친 호흡 속에 많은 인연이 쌓여갔다.

그리고 올해, 뜻하는 대로 행해도 어긋나지 않는다는 고희를 맞아 무언가를 남기고 싶다는 생각이 들었다. 조금 있으면 아무도 나를 기억하지 않을 테니까….

사람은 결국 사라지지만, 글은 조금 더 오래 남는 것 같아서….

이 책은 나의 이야기이면서, 또 나와 함께 길을 걸었던 이들의 이야기이다.

특히 스무 살 무렵 만났던 친구, 김민우를 기억하며 썼다. 그는 말을 할 수 없었지만, 누구보다 많은 이야기를 가슴에 담고 있던 사람이었다. 말이 아닌 방식으로, 침묵으로, 손짓으로, 눈빛으로 세상과 대화하던 그 친구는, 내 삶에 조용한 울림을 남겼다. 20대 중반에 헤어진 후 많은 세월이 흘렀고 지금까지 한 번도 만나지 못하고, 연락도 없었지만 그 울림은 시간이 흐를수록 더 깊어져 소설이라는 가상의 공간에서 그를 만나게 되었다.

존 뮤어 트레일. 10여 년 전, 그 길을 걸었다. 숨이 차고, 발이 무겁고, 때로는 외로웠던 그 여정 속에서 나는 '삶이란 결국 길 위에서 만나는 것'이라는 사실을 배웠다. 사람을, 자연을, 그리고 나 자신을….

살아오면서 그렇게 만난 많은 것들이 흘러, 이 책 안으로 모였다.

누군가는 이 책을 여행기로 읽을 것이고, 누군가는 소설로 느낄 것이다. 누군가는 추억을 떠올릴 것이고, 누군가는 아주 조용히 자신의 삶을 들여다볼지도 모르겠다. 어떤 방식이든 상관없다. 그저 이 글이 누군가의 마음에 조용히 닿을 수 있다면, 그것으로 충분하다.

이제 나는 조금씩 뒷걸음질 치며, 인생의 끝자락에서 다음 세대들을 또 그다음 세대들을 응원할 시간이다. 하지만 그 전에, 아주 오래된 이름 하나, 사라져 가는 기억 하나를 붙잡아 두고 싶었다. 이 작은 책이 그 흔적이 되기를 바란다.

2025년 봄
최영국

책머리에

1. 이 글은 작가의 삶에서 실제의 만남과 경험을 바탕으로 쓴 여행기에 소설적인 부분을 덧칠한 글이나 순수 소설로 읽히기를 바랍니다.

2. 글에 등장하는 사람들의 이름은 민우와 그 가족 등을 제외하고 모두 실명이나, 사전에 허락받지 않고 사용하였음을 용서해 주기 바랍니다.

3. 오래전의 기억을 되살려 쓴 글이라 지명이나 규정, 시간 등에 있어 오류가 있을 수 있음을 이해해 주길 바랍니다.

"사랑을 잃고 나는 쓰네
잘 있거라, 짧았던 밤들아
창밖을 떠돌던 겨울 안개들아
아무것도 모르던 촛불들아, 잘 있거라
공포를 기다리던 흰 종이들아
망설임을 대신하던 눈물들아
잘 있거라, 더 이상 내 것이 아닌 열망들아"

기형도 '빈집'

낙천적 여행주의자의 내면 일기−심산(작가)

Chapter 1

프롤로그 – 뚝섬

뚝섬 노룬산 뚝방 너머 강물 위에 피어나는 안개가 고수부지로 낮게 펼쳐졌다. 갓 찌어낸 시루떡에서 올라오는 흰 김 같은 새벽안개, 그 희뿌연 안개의 끈적하고 무거운 분위기를 벗어나려는 듯 하늘을 찌르며 솟아 있는 미루나무 숲. 그 미루나무 숲 너머로 여울진 강물이 쉬엄쉬엄 흘러내려 갔다.

마치 물 위에 앉아 있는 것처럼 여름 안개는 물결 따라 흔들리고, 머뭇거리듯 부는 새벽 강바람에 실려 미루나무 사이로 퍼져 나갔다. 강바람에 실린 물안개가 눅눅하게 짙어지며 물비린내가 진하게 났다.

새벽안개가 점점 짙어지니 어디가 강인지, 땅인지, 나무인지 구분되지 않았다. 짙어진 물안개는 땅 자락에 내려 깔린다. 축축해진 모래땅이 오글거리며 굼벵이들을 마냥 토해냈다. 모래땅을 솟아오른 굼벵이 떼들이 서로 경쟁하듯 나무 위로 어렵사리

기어 올라간다. 고수부지에 안개가 스며들듯 아침 햇살이 나뭇잎 사이로 들어오니 여름 안개가 봄눈 녹듯 순식간에 사라졌다.

미루나무 이파리가 은빛으로 반짝이고 굼벵이의 껍데기는 탯줄 떨어지듯 땅에 떨어졌다.

매미 새끼의 쭈글쭈글한 날개가 아침 햇살에 다려지며 여름 모시 저고리처럼 얇고 투명하게 펼쳐졌다.

떠나온 모래땅이 그리운지, 한낮 햇살이 뜨거운지 갓난아기처럼 마냥 울어대는 매미 새끼. 새벽안개가 강물 위에 퍼지듯 매미 울음소리 뚝방 너머 고수부지에 가득 덮이면 아버지 모시 적삼을 다디미돌에 펼쳐놓고 홍두깨질하시는 어머니, 하늘 보며 말하신다.

"아이고, 매미 새끼 아침부터 아주 징글맞게 울어대네!"

찬물 한 물 머금고 혹하며 모시옷에 뿌리시니, 하얀 모시 위로 안개같이 여린 무지개가 피어났고 새벽안개처럼 순식간에 사라졌다.

Chapter 2

출발 – 샌프란시스코

"10분 후 샌프란시스코 국제공항에 도착할 예정이오니 안전 벨트를 착용해 주시고 등받이를 바로 해주시기 바랍니다."

기내 여승무원의 정제된 목소리가 귓가에 울려왔다. 내비게이션의 여자 목소리를 닮은 그 안내 방송에 긴 잠에서 깨어났다. 이코노미 클래스의 좁은 좌석에 11시간 넘게 끼어 있던 몸은 젖은 솜처럼 무겁고, 두 다리는 뻣뻣하게 굳어 있었다.

두 손을 깍지 껴 팔을 앞으로 뻗고, 목을 좌우로 돌리며 스트레칭을 하자, 관절에서 우드득, 우두둑 소리가 났다. 마치 조금 전 비행기 착륙 장치가 내려오던 그 소리처럼, 귓속에 울려 퍼졌다.

띵— 기내 안내 소리가 또 한 번 울렸고, 나는 좌석에서 일어나 머리 위 짐칸에 넣어둔 배낭을 꺼내며 뒷자리에 앉아 있던 동민에게 말을 걸었다.

"동민아! 핸드캐리한 짐이랑 면세점에서 산 볶은 고추장, 잊지 말고 잘 챙겨라. 우리 각자 입국 심사 잘 끝내고, 짐 찾는 데서 만나자."

좁은 기내에서 긴 시간을 웅크리고 있었던 탓인지, 육체의 피로가 정신까지 따라와 몽롱했다. 게다가 낮과 밤이 뒤바뀐 시차는 뇌리에 안개처럼 번져, 모든 감각이 흐릿해졌다. 한국 시간으로는 한참 꿈속에 있을 시간이었다.

비행기 트랩을 내려가며, 나는 문득 이런 생각을 했다. 편히 지내던 땅속을 벗어나 껍데기를 깨고 미루나무로 올라가는 굼벵이처럼, 지금 나는 익숙했던 삶의 껍데기를 벗고 새로운 세상으로 기어오르고 있는 건 아닐까 생각했다. 트랩을 따라 발을 옮기며, 기대와 우려가 뒤섞인 감정이 파도처럼 가슴속을 휘감았다. 비행기 바깥에서는 과연 어떤 일이 우리 앞에 기다리고 있을까? 그 물음 하나가, 어쩌면 이 긴 여정의 첫 발걸음이었는지도 모른다.

샌프란시스코 출국장에 들어서자, 입국장 밖에서 한 흑인 기사가 우리를 기다리고 있었다. 하얀 셔츠에 명찰을 단 그의 이름은 피터. 예순이 훌쩍 넘어 보였지만, 그는 청년처럼 활기찼다. 유쾌한 미소로 우리를 맞이한 피터는 조용하고 유려하게 우리를 도심으로 이끌었다.

도시의 상징인 금문교를 건너며, 우리는 여행의 실체를 조금씩 실감하기 시작했다. 해안가 선창, 피어 39. 바다사자들이 내뿜는 짙은 냄새 속에서도 사람들은 여유로웠고, 해맑았다. 나는 홀로 가장 오래되어 보이는 바에 들어가, 사무엘 아담스 맥주 한 병을 주문했다. 햇살 아래에서 맥주잔을 기울이며, 나는 조용한 설렘과 막연한 두려움을 동시에 느꼈다. 이 길이 우리에게 어떤 의미로 남을지, 그 누구도 장담할 수 없었다.

다음 날, 요세미티를 향해 출발했다. 대부분이 50대 중반에서 60대를 넘긴 동료들은 존 뮤어 트레일 완주를 위해 필요한 체력에 대한 우려를 숨기지 않았다.

하지만 우리는 누구보다 진지했고, 서로를 믿고 있었다. 존 뮤어 트레일은 하루 20km 가까이 걷고, 매일 고도 3,000m가 넘는 고개를 오르내리며, 밤에는 텐트에서 자고, 직접 취사를 해야 하는 쉽지 않은 여정이다. 단단히 준비하지 않으면 완주는커녕 살아남을 수 없는 길이었다.

우리는 네 곳의 보급지에 식량을 보냈다. 레즈 메도우, 버밀리언 리조트 근처의 뮤어 트레일 랜치, 그리고 투얼럼 메도우. 마지막 지점에서는 직접 들러 스틸 박스에 음식을 보관해 두었다. 그 모든 준비가, 우리에겐 든든한 방패였다.

트레일에는 산장도, 롯지도 없다. 간혹 말을 타고 가는 이들, 라마를 대여해 짐을 옮기는 이들, 혹은 천만 원이 넘는 고가의 가이드 투어에 참여하는 사람들도 있지만, 우리는 누구의 도움 없이 걷기로 했다. 이 길을 걸으며 마주할 고독과 고통, 그리고 찰나의 환희까지—우리는 그것을 온전히 우리 것으로 삼고 싶었다.

요세미티에 거의 다다랐을 즈음, 버스는 와우나 터널을 지나 전망대에 멈췄다. 그리고 그 순간, 모두가 숨을 죽였다.

전망대 아래로 펼쳐진 요세미티 밸리는 마치 신의 손길이 빚은 정원처럼 경이로웠다. 나는 말없이 요세미티 밸리의 상징인 엘 캐피탄과 하프 돔을 바라보았다.

20여 년 전, 처음 이곳을 찾았을 때의 감정이 되살아났다. 그때도 나는 막연한 무언가에 이끌려 이곳을 찾았고, 지금도 여전히 그 감정은 내 안에서 살아 숨 쉬고 있었다.

엘 캐피탄, 하프 돔, 캐서드럴 록. 그 이름 하나하나가 오랜 친구처럼 반가웠고, 그 풍경 앞에서 나는 여전히 작고 겸손한 존재였다. 자연은 거대했고, 우리는 그 안에서 한 줌의 인간이었다.

6월 말의 요세미티 밸리는 눈부시게 푸르렀다. 뜨겁지도 차갑지도 않은 공기, 그리고 낯설지만 묘하게 익숙한 흙냄새가 발끝에 닿던 순간을 나는 아직도 기억한다. 그 여름, 우리는 모두 8명이었다. 각자 다른 이유로, 각자 다른 기대와 두려움을 안고 존 뮤어 트레일에 발을 들였다.

요세미티에서 시작해 휘트니산까지, 18일간 이어진 길. 그 길은 단순한 걷기가 아니었다.

숨이 턱까지 차오르는 고갯길, 해가 지고 나서야 도착한 캠프, 쏟아지던 별빛, 눈앞에 나타난 사슴 한 마리, 그리고 곰과의 눈맞춤. 그 모든 순간이 나를 더 깊은 곳으로 데려갔다.

그렇게, 우리의 길은 시작되었다. 발아래로 펼쳐진 길은 아직 아무것도 말해주지 않았지만, 우리는 알았다. 그 길 위에서 우리 삶의 조각들이 하나씩 제자리를 찾아갈 거라는 것을.

우리나라 백두대간 종주 산행처럼, 존 뮤어 트레일은 시에라네바다 산맥을 따라 총 359km를 걷는, 짧지 않은 여정이다. 3,000m가 넘는 고개를 아홉 개나 넘어야 하며, 마지막에는 미본토 최고봉인 휘트니산(4,421m)에 오른다.

그러나 이 길은 단순히 '힘든 코스'로만 기억되지 않는다. 사람의 손이 닿지 않은 자연의 순수함과 압도적인 풍경이 어우러진 이 길은, 캐나다의 웨스트 코스트 트레일, 스페인의 까미노 데 산티아고와 함께 세계 3대 트레킹 루트로 꼽힌다.

자연 보호를 생애의 사명으로 삼았던 존 뮤어의 이름을 딴 이 트레일은 하루 입장 인원이 100명으로 제한된다.

전 구간이 오롯이 자연 그대로의 상태로 보존되어 있어, 마치 수만 년 전 지구의 원형을 걷는 듯한 느낌을 준다. 그래서 이곳은 누구에게나 허락된 길이 아니다.

텐트, 조리 도구, 연료, 식량까지 모두 짊어진 채, 최소 15kg 이상의 배낭을 메고 18일 이상을 걸어야 한다. 경험 많은 산악인도 쉽게 도전하지 못하는 길이다.

나는 이 길을 걷기 위해 7명의 친구들을 설득했다. 각자 나이도 다르고 삶의 방식도 달랐지만, 그들 모두 마음 한편에 '다시 한번 자연 속에서 나 자신과 마주하고 싶다.'는 열망을 지니고 있었다.

그들은 반신반의하며 나섰고, 나는 그들을 위해 세심하게 준비했다. 구간마다 식량과 연료를 우편으로 미리 보내고, 배낭 무게를 최소화할 수 있도록 모든 장비를 점검했다.

투르 드 몽블랑의 경험이 나를 도왔다. 그땐 노새가 짐을 옮겨 주고, 산장에서 따뜻한 식사를 할 수 있었지만, 이번 여정은 전혀 달랐다. 스스로의 발로 걷고, 스스로의 손으로 해내야 했다.

1987년 해외여행이 자유화되자 한국뵌트클럽은 '해외 원정 등반'이라는 명목으로 요세미티 등반을 기획하였다.

'요세미티', 해외 유명 등반 잡지에서나 접할 수 있는 그곳은 당시 클라이머라면 누구나 성지처럼 여기는 곳이었다. 당시 나는 암벽등반에 흠뻑 빠져, 주말마다 산에 올라 살다시피 했고, 그 열정을 이어 해외 산행에도 도전하고 싶었다.

제1회 한국뵌트크럽 해외 원정대에 참여하여 원정대장으로 산악회 후배인 윤길수, 이광재와 함께 요세미티 밸리에 첫발을 내디딘 것이었다.

그때 우리는 LA에서 출발해 5시간 남짓 운전한 끝에, 요세미티 밸리의 관문인 와우나 터널을 지나 요세미티 밸리에 도착했다. 터널을 빠져나오자마자 펼쳐진 풍경—하늘을 찌를 듯 우뚝

솟은 엘 캐피탄과 하프 돔, 대자연이 수천만 년 동안 빚어낸 암봉 군락은 말 그대로 압도적이었다. 전기에 감전된 듯, 몸속을 타고 흐르는 전율이 느껴졌다.

그 시절에는 지금처럼 인터넷도, 자세한 등반 정보도 없던 때였다. 빅 월 등반에 대한 정보는 거의 전무했다. 하지만 다행히도, 산악계 선배이자 캘리포니아에 거주 중이던 선우중옥 형님, 그리고 용산고 산악부 출신이자 남가주산악회 회원이던 주영에게 등반에 필요한 여러 가지 도움을 받을 수 있었다.

그 인연은 이후로도 이어졌다. 나는 주영과 함께 알래스카의 매킨리산을 등반했고, 중옥 형님과는 히말라야의 네팔, 파키스탄 트레킹 중 산속에서 몇 차례나 우연히 마주쳤다. 그중 한 번은 에베레스트 베이스캠프를 향해 가는 길, 아마다블람이 그림처럼 보이는 작은 마을 사나사에서 였다.

형님은 여자 포터 1명과 함께 산을 내려오고 계셨고, 나는 반가운 마음에 함께 근처 롯지에 들어가 이런저런 이야기를 나눴다.

"영국아, 너 대우에서 직장 생활 오래 했잖아? 벌어놓은 돈도 좀 있고, 집안도 여유 있다고 들었는데, 왜 이런 힘든 히말라야 트레킹 가이드를 하고 있냐?"

중옥 형님의 물음에 나는 웃으며 대답했다.

"아이고, 형님, 글쎄요. 저도 가끔은 제가 왜 이걸 하고 있는지 모르겠어요. 그냥… 여기 있으면 내가 살아 있다는 느낌이 들어서요."

그 순간, 나는 알 수 있었다. 인생의 방향은 논리로만 정해지는 게 아니라는 걸. 어떤 길은 그저 가슴이 먼저 반응하고, 발이 먼저 움직여서 걷게 되는 것이라는 걸.

"남들은 제가 히말라야 트레킹을 간다고 하면, '넌 참 좋겠다. 맨날 공짜로 히말라야 트레킹이나 다니고, 취미가 직업이니 얼마나 좋겠니?

놀면서 돈도 벌고 재미도 보고….'라고들 말을 해요. 실제로 히말라야에서 트레킹 가이드를 한다는 것이 얼마나 힘들고 고된 일인지 모르고, 그저 겉모습만 보고 하는 말이죠. 보통 등산을 취미로 하는 사람들을 손님으로 모시고 8~9일 만에 5,500m 고도의 에베레스트 BC나 칼라파타르까지 올라가 보세요. 전문 산악인들도 고소적응이 안 돼서 힘들어하는 경우가 많다는 걸 알고 계시잖아요. 많은 손님들이 고소증세 때문에 일정을 포기하는 경우도 종종 있어요. 히말라야에서는 산행 일정이 거의 비슷하기 때문에 고소증세는 피할 수 없는 일이라는 것을 형님이 더 잘 아시잖아요!"

대부분의 히말라야 원정대도 고소적응과 안전 확보를 위해 캠프를 순차적으로 설치하고, 고정 로프와 산소 장비를 사용하며 정상에 오르는 극지법 방식으로 산행을 하게 된다.

"라인홀트 메스너나 토모 체슨 같은 일부 전위적 등반가들을 제외하곤 말이죠. 전문가들도 이럴진대, 일반인들은 말해 무엇

하겠습니까."

그 말을 들은 중옥 형님이 고개를 끄덕이며 말씀하신다.

"그래, 나도 그 생각을 해. 한국 사람들은 산을 너무 빨리 올라가려고 해. 전쟁을 겪으며 살아남기 위해 몸에 밴 '빨리빨리' 문화 때문일까? 일본이나 서양 사람들보다 훨씬 급하게 오르지. 풍경도 좀 보고 쉬어가며 올라가면 좋은데 말이야."

나도 형님께 내 속내를 털어놓았다.

"형님, 산을 오래 다닌 분들 중에서도 트레킹 오면 진상 부리는 분들이 있어요. 인터넷에서 본 정보 조금 안다고 고소적응은 올라가면서 하면 되는 거라며 우기기도 하고, 하루 더 머물자고 하면 너무 천천히 간다며 불평해요. 고소적응이 덜 돼 힘들어지면 내가 미친놈이지, 왜 여기 왔나 후회하고요. 여자분들 중엔 울기도 하는 분도 계세요. 그런 순간에는 고소 때문이 아니라 정신적으로 정말 힘들어서, 진짜 때려치우고 싶다는 생각이 수도 없이 들어요."

"하지만 같이 간 손님들 보면서 생각해요. 군대 있을 때 거꾸로 매달려도 '국방부 시계는 간다.'며 참았잖아요. 저도 보름만 참자고, 그렇게 참고 또 참고 히말라야를 다녀오는 거예요. 카트만두 공항에서 한국 가는 비행기만 타면 '다신 이 짓 안 한다.' 다짐하지만, 인천 공항 도착해서 집에 가는 버스만 타면 또 '언제 다시 히말라야 가나.' 생각부터 들어요. 제가 제일 좋아하는 곳이 그곳이고, 제가 가장 잘하는 일이니까요. 배운 게 도둑질이잖아요. 지금 와서 다른 거 어떻게 해요."

중옥 형님은 젊은 시절 카투사로 군복무를 했다. 그는 1960년대 주한 미군으로 복무하던 이본 취나드와 함께 북한산 인수봉의 취나드길, 도봉산 선인봉의 박쥐길 등을 개척한 선구적인 클라이머였다.

이본 취나드는 미국으로 돌아가 자신의 성을 딴 '취나드'라는 등산 장비 회사를 만들었고, 형님을 미국으로 초청했다. 형님은 그의 초청을 받아 등반 강사 자격으로 이민을 가, 캘리포니아에 정착했다. 미국에 정착한 후에도 취나드를 비롯한 미국의 여러 산악인들과 함께 등반 장비를 개발하고 새로운 암벽 루트를 개척하며 산행을 이어갔다.

그들이 함께 키워낸 '취나드'는 훗날 블랙다이아몬드와 파타고니아로 성장했고, 그들과 함께했던 친구들은 노스페이스를 창업한 더글라스 톰킨스, 등반가이자 저술가인 릭 리지웨이 등 현재 산악인으로나 사회적으로 크게 존경을 받는 사람들이다.

중옥 형은 산악인으로의 명성 못지않게 사회적으로 크게 성공을 하였다. 은퇴 후에는 세상 끝에 있는 오지란 오지만을 찾아다니며 등반과 여행을 계속하였다. 평생의 꿈이었던 에베레스트 정상 등정을 이루려고 오죽하면 육십이 넘어서도 두 차례나 네팔 상업 등반대에 조인하여 에베레스트 등정 시도를 하였다. 하지만 안타깝게도 8,000m 높이의 사우스 콜에 두 번이나 올라갔었지만 날씨로 인해 정상에는 올라가지 못하였다.

그 후에도 에베레스트 등정에 대한 꿈을 접지 못하다 2005년도 당신의 모교인 한양대학교 설립 50주년 기념으로 시도한 에베레스트 등반 때에는 최고령 대원으로 원정에 참가하기도 하였다.

나는 형님이 젊을 때부터 세상 이곳저곳 험난한 산을 찾아다니며 등반에 대한 열정을 불태운 것을 잘 알고 있다. 환갑이 훨씬 넘은 나이에도 히말라야 등 세상 오지만 찾아다니며 등산과 여행을 하시는 형님이어서 어쩌다 만날 때에도 항상 우리와 같은 부류라는 동료의식을 갖고는 했다.

단지 그렇게 금슬이 좋으셨던 형수님과 아프리카 킬리만자로 등반을 하는 도중 갑작스러운 심장마비로 형수님이 유명을 달리하신 후 몹시 기력이 빠지신 것 같았다. 하지만 70대 중반이 넘어서도 에베레스트 산군의 아마다블람 등정을 하는 등 다시 산에 대한 열정을 피우셨다.

항상 새로운 곳을 여행할 때마다 나에게 그곳을 여행했는지 물어보셨다. 내가 가본 곳이면 그곳의 날씨나 등반 상황에 대해 궁금해하였다.

국제전화를 걸어 나한테 당신이 계획한 새로운 곳에 대한 여행 스케줄을 신나게 이야기하실 때 한 옥타브 올라간 목소리로 말씀하셨다. '아, 그 나이에도 등반이나 산에 대한 정열이 젊었을 때와 같이 조금도 식지 않았구나.' 하는 느낌이 들었고 '아직도 젊게 사시는구나.' 하는 생각을 하게 되었다.

1987년, 요세미티에 등반을 와서 하프 돔과 엘 캐피탄 등반을 끝내고 다음 등반을 준비하며 휴식을 취할 때 중옥 형을 만나게 되었다.

형님은 릴렉스하는 마음으로 엔젤 애덤스 갤러리를 방문하고 짧게도 상관없으니 존 뮤어 트레일을 걸어 보라고 말씀하셨다.

엘 캐피탄 노즈와, 하프 돔 다이렉트 노스웨스트, 요세미티 폭포 옆의 로스트 애로우 등의 등반을 하면서 꿈같은 시절을 보냈던 그때, 등반이 거의 끝날 무렵 중옥 형의 조언에 따라 요세미티 밸리에서 레즈 메도우까지 허가를 받지 않고 무단(?)으로 트레킹을 한 것이 내가 처음 접해본 존 뮤어 트레일이었다.

나는 주말 등산을 하며 알게 된 몇몇 친구들과 함께 의기투합해, 네팔 안나푸르나 남벽 베이스캠프 트레킹을 떠난 적이 있다. 당시 함께했던 이들은 모두 히말라야의 첫 감동에 빠져들었고, 무사히 트레킹을 마친 것만으로도 벅찬 감격을 느꼈다.

그 트레킹을 마치고 카트만두로 돌아온 날, 우리는 함께 결심했다. 매년 한 번, 새로운 곳을 정해 오래 걷는 여행을 하자고. 그렇게 만들어진 '트레킹 동행'이라는 모임은 이후로도 꾸준히 이어졌다.

우리는 중국의 차마고도, 옥룡설산과 쓰구냥산을 시작하여

뉴질랜드의 밀포드 트레킹, 알프스의 투르 드 몽블랑, 이탈리아의 돌로미테, 남미 파타고니아, 캐나다 로키산맥까지 발길을 옮겼다.

세월이 흐르며 히말라야에서 알프스, 북극에서 남극까지 수없이 많은 산과 들을 여행했지만, 마음속에 늘 선명하게 남아 있는 곳은 처음으로 해외 산행을 시작한 그곳, 요세미티와 존 뮤어 트레일이었다.

돈도, 정보도, 경험도 부족하던 시절. 젊음의 패기 하나로 도전했던 요세미티는 내게 첫사랑 같은 존재였다. 그때 보았던 대암벽과 하늘 높이 솟은 숲은 잊히지 않았고, 시간이 지나며 오히려 그때의 기억은 더 또렷해졌다.

'언젠가 다시, 그 길을 걷고 싶다.' 마음 한편에 늘 간직하고 있던 그 바람이, 이번 여행의 출발점이 되었다.

존 뮤어 트레일은 히말라야 트레킹과는 전혀 다른 여정이다.

네팔이나 파키스탄, 인도에서는 포터나 노새가 짐을 운반해 주고, 작은 배낭 하나로도 산행이 가능하다.

고소적응만 잘하면 생각보다 수월하게 느껴지는 경우도 많다. 그러나 존 뮤어 트레일은 다르다. 하루 20km 이상, 18일 이상 걷는 긴 일정이다.

전 구간에 산장 하나 없어 모든 식량과 장비를 짊어지고 야영과 취사를 직접 해결해야 한다. 최소 15kg 이상의 배낭을 메고 매일 20km에 가까운 산길을 걸어야 한다. 트레일은 3,000m 넘는 고개 아홉 개를 넘고, 마지막에는 4,421m 높이의 휘트니산까지 올라야 한다.

자연 보존을 최우선으로 한 이 트레일은 하루 입장 인원이 100명으로 제한된다. 모든 것이 원형 그대로 보존된 땅 위를 걷는다. 그 무엇 하나 인위적인 편의를 기대할 수 없는 길이다. 그래서 이 길은, 세상 그 어떤 트레킹보다도 진정성 있는 도전의 길이다.

나는 이번에도 나만의 '비장의 카드'를 믿고 친구들을 설득했다. 지금까지 쌓아온 경험과 준비, 무엇보다 다시 그 길을 걷고 싶다는 내 열망이, 그들을 움직인 것이다.

요세미티 관리사무소에 도착해 존 뮤어 트레일에 대한 퍼밋을 받고, 캠프장을 배정받기 전에 우리를 여기까지 데려다준 피터에게 작별 인사를 건넸다. 그는 말없이 내 손을 꼭 잡더니 부드럽게 말했다.

"좋은 여행이 되기를…. 무사히 돌아오세요."

우리는 18일 후, 론파인에서 다시 만나기로 약속했다. 그 약속 하나가 우리를 앞으로 나아가게 할 작은 빛이 되어줄지도 몰랐다.

써니사이드 캠핑장에 도착하여 장비와 식량을 분리하여 점검을 하는 동안 텐트 담당인 동민과 강회는 텐트를 설치하기 시작했다. 우리가 준비해 온 텐트는 2인용이지만, 무게가 900g 남짓한 초경량 텐트였다. 존 뮤어 트레일을 걷는 동안 이 텐트는 큰 부담 없이 우리에게 안락하고 따뜻한 잠자리를 제공해 줄 것이다.

트레킹 기간 동안 가장 힘들고 중요한 업무인 취사를 담당한 하은 엄마는 식량을 함께 정리하며 오늘 저녁부터 먹을 음식을 나누어 놓고 있었다.

"하은 엄마, 저녁에는 뭐 해 먹을 거예요?"

"글쎄, 영국 씨가 가져온 거 대충 분리해 놨는데 아직 정리가 안 돼서…. 내가 가져온 김치랑 마른반찬에 된장국이나 하려고요."

"그럼 되겠네요. 어차피 트레일 시작하면 무게 때문에 가져갈 수 없으니까, 대원들 각자 가지고 온 식량은 트레킹 시작 전에 왕창 먹어 치웁시다."

언제 어디서든 해외 트레킹을 나설 때마다 느끼는 것이지만, 처음 첫날이 가장 힘들다. 하루이틀이 지나면 장비와 식량 등 모든 것이 제자리를 잡고, 대원 모두 각자 맡은 일에 익숙해지면서 그때부터 조금 수월해진다.

당일 산행에서도 마찬가지다. 산행을 시작한 지 첫 한두 시간이 가장 힘들고, 그 시간이 지나면 경직된 근육이 풀리며 몸이 부드러워진다. 발목과 무릎은 윤활유를 친 것처럼 말랑말랑해져 온몸이 리드미컬하게 박자를 맞추며 스무스하게 움직인다.

동민과 강회가 나무 테이블 건너편에 주황색 텐트를 쭉 설치해

놓자, 주변의 푸른 숲과 어우러져 아주 멋진 풍경이 완성되었다.

텐트를 다 설치한 후 맨 끝 쪽에 호젓하게 자리 잡은 텐트에 개인 짐을 정리하고 있는 동민에게 다가가 말을 건넸다.

"텐트 잘 쳤네!"

"아니, 텐트가 텐트 같아야지. 돔 텐트는 설치하는 데 오래 걸리는데, 이건 아주 가볍고 치기도 쉬워. 아주 그냥 거저먹기야. 하지만 바람이 세게 불거나 비바람이 몰아치면 조금 문제가 될 것 같아."

동민은 텐트 안에다 에어 매트리스를 깔며 대답했다.

"글쎄, 산행하는 동안 날씨 좋기를 바라야지! 날씨는 우리 맘대로 되는 건 아니잖아. 그렇다고 돔 텐트 같은 걸 가져오면 그걸 누가 짊어지고 다니냐? 한두 동도 아니고…. 또 여기는 지금부터 건기라 비는 오지 않을 거야!"

애써 텐트를 잘 설치한 동민에게 다시 말했다.

"동민아, 너 짐 정리 다 되면 강회랑 윤석이랑 같이 슈퍼에 가서 맥주랑 와인 좀 사 가지고 와라. 어차피 오늘 술 마시고 나면 투얼룸 메도우까지 아무것도 없으니까. 오늘 요세미티 입성을 축하하고 내일의 안전 산행을 기원하며 한잔하자고."

"그래! 몇 병이나 사 가지고 올까?"

"그냥 적당히 사 와. 한 사람당 맥주 2~3캔은 마시지 않겠어? 그리고 와인이 비싸면 테킬라나 보드카 같은 독한 걸로 한두 병사 와. 어차피 취하려고 마시는 술이니까…. 아까 하은 엄마가 식량 파악하려고 대원들에게 물어보니까 김강회가 팩 소주 한 10병쯤 가져왔다고 하던데."

"그래, 그럼 맥주만 사 가지고 오면 되겠네. 어차피 짊어지고 가지도 못할 거 그냥 뱃속에다 넣고 가야지!"

나와 동민의 얘기를 듣고 있던 하은 엄마가 물었다.

"대장님! 오늘 과음하면 내일 산행하는데 무리이지 않을까요?"

"에이, 술은 자기가 알아서 마셔야지. 그걸 누가 조절해요. 하지만 내일 산행이 만만치 않고 첫날이라 조금 힘들 거예요. 각자 조심해서 적당히 마셔야지…. 그렇지만 오늘이 존 뮤어 트레일 전야제고 요세미티 야영 첫날인데, 축하 정도는 해야죠!"

가운데 텐트에서 짐을 정리하던 윤석이 말했다.

"형, 내가 강회 형이랑 슈퍼 다녀올게요. 동민 형은 형수님 식사 준비하는 데 도와주시라고 하세요."

그러자 동민이 웃으며 말했다.

"우리 애 엄마한테는 내가 없어지는 게 도와주는 거야!"

그렇게 말하며 빈 배낭을 메고, "자, 슈퍼로 갑시다!" 하고 버스 정류장 쪽으로 발길을 옮겼다.

배낭을 푸는 영수 형이 내게 물었다.

"영국아, 나하고 현이 형은 어떤 텐트를 써야 할까?"

"형, 그냥 마음에 드는 걸로 하세요. 어차피 제일 호젓한 텐트는 이미 동민이가 찍었어요. 저쪽 끝에서 두 번째 텐트가 좋을 것 같은데요."

"그래, 알았다! 그럼 짐 옮기고 나서 난 우쿨렐레 소리나 맞춰야 되겠네. 그리고 텐트 앞쪽에 캠프파이어 자리 있던데, 동민이한테 장작도 사 오라고 했니?"

"아참, 그건 말 안 했어요!"

그러자 옆에 있던 현이 형이 말했다.

"땔감은 내가 주변에서 주워 올게."

"현이 형! 이 주변에는 거의 다 주워 땔감으로 써서 별로 없을 거예요. 그렇다고 죽은 나무라고 꺾다 걸리면 골치 아프니까 그냥 사 오는 게 나을 거예요."

"어, 그래. 그럼 빨리 말해야겠다. 아직 버스 안 탔을 테니까."

현이 형도 레인저 스테이션 쪽으로 달려갔다.

어언 40년 만에 다시 찾은 요세미티 밸리에 붉은 석양이 물들고, 한낮의 뜨거운 공기가 식어가는 저녁에 접어들었다. 이곳에 잘 도착해 텐트도 설치하고 짐도 정리한 후의 안도감이 서서히 몰려왔다. 안도감 속에 마음과 온몸이 가볍게 붕 뜨는 듯하더니, 나른한 피곤함도 서서히 밀려왔다.

건너편 테이블 위 가스버너에선 밥이 뜸 들고 있었고, 하은 엄마가 끓이는 된장국 냄새가 은근하게 풍겨왔다.

이동민과는 중학교 동창이지만, 실제로는 10여 년 전 히말라야 에베레스트 트레킹에서 처음 만났다. 그 후로 서로 산을 좋아하는 걸 알고는 죽이 잘 맞아, 세상 여기저기 함께 트레킹을 다녔고 이번에도 자연스레 같이 오게 되었다.

동민의 아내, 하은 엄마도 등산을 즐기며, 대가족의 큰며느리답게 친구들이나 주변 사람들을 초대해 음식을 해 먹이는 걸 좋아한다. 요리 솜씨도 아주 뛰어나고, 적지 않은 인원의 음식도 능숙하게 쉽게 해낸다. 5년 전 몽블랑 일주 트레킹을 함께했을 때도 식사 때마다 든든한 힘이 되어주었다.

잠시 후 슈퍼를 다녀온 동민과 윤석, 강회가 돌아오고, 테이블 위엔 서울에서 가져온 밑반찬들이 몽땅 펼쳐졌다.

LA에서 현준 형이 보내준 LA갈비는 바비큐 그릴 위에서 지글지글 익어갔다. 상추쌈에 밥을 얹어 한입 베어 무니, 세상 부러울 것이 없었다.

"오늘 마음껏 드시고 내일부터 힘내셔야 돼요! 성경에 나오는 마지막 만찬은 아니지만, 어쨌든 내일부터는 식사가 대부분 라면이나 즉석밥일 테니까요."

내 말에 세브란스병원 정신과 의사인 이홍식 선생님이 특유의 여유 있는 말투로 응수하셨다.

"아니, 최 대장. 뭐 하러 내일 일을 벌써 걱정해? 내일 일은 내일 닥쳐서 하면 되는 거야. 굶든지, 라면만 먹든지…. 하지만 오늘, 이 순간! 지금을 충실히 사는 게 인생을 잘 사는 거지."

그렇게 말하며, "지금 이 순간을 즐겁게!" 외치며 건배 제의를 하셨다.

'그래, 내일은 내일이 되면 알아서 풀리겠지. 뭐 하러 미리 걱정을 해. 지금 이 순간을 즐기면 되는 거야.' 그런 생각과 함께, 시에라 컵에 소주와 맥주를 섞은 폭탄주를 따라, 한 번에 원샷으로 털어 넣었다.

식사를 마치자 어느새 밤이 내려앉기 시작했고, 현이 형이 자청해서 모닥불을 피웠다. 바싹 마른 나무들로 피운 불꽃이 어둠을 몰아내며, 우리의 첫날밤을 따뜻하게 밝혔다.

나는 텐트에서 매트리스를 꺼내 모닥불 옆에 느슨하게 깔고 누웠다. 모두들 술과 모닥불, 별빛에 취해 영수 형이 우쿨렐레 반주에 맞춰 부르는 노래를 따라 부르며, 산중에서의 첫날밤을 만끽하고 있었다.

아득히 솟아오른 저 산정에
구름도 못다 오른 저 산정에
사랑하는 정, 미워하는 정 속세에 묻어두고 오르세
저 산은 나의 마음, 산사람 높고 깊은 큰 뜻을
저 산은 나의 고향, 메아리 소리 되어 울리네
사랑하는 정, 미워하는 정 속세에 묻어두고 오르세,
오르세….

밤이 깊어 가고 별은 더욱 선명해졌다.

써니사이드 캠핑장의 계곡에 우리의 산노래 '아득가'가 울려 퍼졌다.

와인과 소주를 마시며 노래를 따라 부르고 있을 때였다. 텐트 뒤쪽, 어둠 속에 잠긴 볼더링 바위 뒤에서 길쭉하고 날씬한 한 사람이 조심스럽게 다가왔다.

"안녕하세요! 요세미티 밸리에 울려 퍼지는 한국 노래와 우쿨렐레 소리가 너무 좋아 실례를 무릅쓰고 인사를 드립니다. 저는 뉴욕에서 온 이종관이라고 합니다."

나는 매트리스 위에서 몸을 일으켜 어둠 속의 낯선 이를 바라보았다. 그러나 모닥불 빛의 강한 대비 때문인지 그의 얼굴은 잘 보이지 않았다. 마음속으로 '이종관?' 하고 되뇌며, 실례를 무릅쓰고 헤드랜턴을 들어 그의 얼굴을 비췄다. 상고머리를 덥수룩하게 기른, 마른 체형의 길쭉한 사내가 웃으며 인사를 건네고 있었다.

"어……, 종관 씨? 나 서울에서 온 한국완트클럽 최영국이에요. 생각날지 모르겠네…. 우리 1987년에 산당회 박병원 형과 내 후배 윤길수랑 같이 요세미티 폭포 옆의 로스트 애로우 같이 등반했잖아요. 남가주산악회 주영이도 같이 세퍼레이트 리얼리티도 함께 등반했고…. 그때 무지 재미있었는데! 생각 안 나요?"

"아, 영국 형님! 이게 얼마 만이에요! 어언 40년 가까이 됐나, 우리 처음 같이 등반한 지가요? 아이고, 아직도 열심히 등반을 하고 계시네요! 정말 반가워요!"

이종관이 나를 알아보고 반색했다.

서울 아시안게임이 끝나고 해외여행 자유화가 막 시작되었을 무렵, 나는 항상 꿈꾸던 요세미티로 암벽등반 원정을 떠났다. 당구에 빠진 사람이 천장을 당구대로 본다는 말처럼, 그때 나는 천장이 인수봉이나 선인봉으로 보일 만큼 암벽등반에 푹 빠져 있었다. 엘 캐피탄의 노즈 코스와 하프 돔의 다이렉트 노스웨스트 코스를 등반한 뒤, 캠프장에서 휴식을 취하고 있던 나는 뉴욕에서 온 박병원, 이종관과 우연히 마주쳤다.

그들과는 LA 남가주산악회 주영의 소개로 알게 되었다. 당시 그는 우리에게 빅 월 등반 기술을 가르쳐 주기 위해 이곳 써니사이드 캠핑장까지 직접 찾아와 지원을 아끼지 않았다.

우리는 주영이 집에서 가져온 LA갈비를 구워 먹으며 맥주잔을 기울였고, 금세 의기투합하여 함께 로스트 애로우를 등반하게 되었다. 그것이 이종관과의 첫 만남이었다.

"종관 씨, 그게 언제였죠? 에베레스트 서밋한 게? 내가 '사람과 산'에서 종관 씨 에베레스트 서밋한 기사 봤어요. 북쪽 티베트 사이드였죠? 그거 보고 '아, 이 친구 아직도 열심히 등반하는구나.' 생각했었어요."

나는 덧붙였다.

"나는 이제 등반은 거의 안 해요. 후배들과 가끔 인수봉이나 선인봉의 쉬운 코스 오르는 정도? 그것도 연중행사처럼요. 이번에는 등반하러 온 게 아니라 존 뮤어 트레일을 걸으러 왔어요. 여기 선배, 친구들과 같이요."

종관에게 말을 하며 우리 팀의 좌장인 박현 형님을 바라보았다.

"현이 형! 뉴욕산악회 이종관 씨예요. 제가 87년에 여기 요세미티에 처음 왔을 때 만나서 요세미티 폭포 옆에 하켄같이 뾰족한 봉우리인 로스트 애로우를 같이 등반했었어요! 에베레스트 서밋도 한 친구고…. 70년대 도봉산에서 날리던 산당회라고 아시는지 모르겠네? 아, 정승권이 알죠! 정승권 등산학교, 승권이가 종관 씨 친구예요."

나는 종관에게 물어봤다. "80…. 몇 년이죠? 승권이랑 매킨리 캐신리지 등반하러 알래스카에 갔을 때가?"

"매킨리는 88년이에요! 하지만 그건 무엇 하러 얘기하세요, 정상 100m 앞에 두고 날씨 때문에 조난당해 헬기 타고 구조된 것을…." 하며 종관은 부끄러워했다.

"종관 씨! 여기는 한양대 산악회 OB 박현 형님이세요, 남가주 산악회 중옥이 형 후배예요. 여기는 같은 한양대 산악회 이영수 형, 이분은 연세대 의대 이홍식 선생님…."

김강회 회장, 내 중학교 동창 이동민과 와이프 이원호 씨, 최윤석 등 나는 우리 팀의 대원들을 종관에게 소개했다.

"같이 앉아서 한잔 마십시다. 우린 내일 존 뮤어로 출발하니까 별로 시간이 없네, 그동안 살아온 얘기도 좀 듣고요…."라고 현이 형이 말씀하시며 자리를 권했다. "종관 씨? 여기는 누구랑 며칠간 등반하려고 온 거예요?" 하며 내가 물어봤다.

종관이 대답했다.

"우리는 한 열흘 남짓 있으려고요, 우리도 내일부터 엘 캐피탄 노즈를 등반하려고 오늘 오후에 노즈 스타트 지점에 픽스 로프 2동 걸고 장비랑 식량 갖다 놨어요. 노즈 끝나면 워싱턴 칼럼의 애스트로맨을 등반하려고요. 그리고 나를 포함해서 전부 4명이 왔어요. 뉴욕에서 3명, LA에서 1명. 아, 그리고 보니 뉴욕에서 나랑 같이 온 선배가 옛날 서울에 있을 때 한국봘트클럽 회원이라고 한 것 같은데…."

"그럼 같이 오신 분 모두 여기 오시라고 하세요!"라고 종관에게 다시 말했다.

"근데 그게 누구지, 그 선배가? 내가 창립 멤버라서 봘트클럽 회원이면 거진 다 아는데…?"

종관이 다시 말했다.

"하도 오래 전이라 생각나실지 모르겠는데 그 선배는 농아예요, 벙어리요! 이름이 김민우라고…."

"아니 민우랑 같이 왔단 말이에요? '민우', 걔 나랑 친구예요. 옛날에 무지 친했었는데. 등반도 같이 많이 하고, 와이프도 잘 알고, 애도 알아요. 은서이던가 걔 딸 이름이? 와이프 이름이 정선이고, 우리 전부 아주 친한 친구였어요, 대학교 1학년 때부터. 아니, 캠프사이트가 몇 번이에요 종관 씨?"라고 말하며 나는 흥분에 빠졌다.

"내가 군에 있을 때 전두환 대통령이 정권 잡고 군바리들이 깡패들 삼청교육대인가 막 집어넣을 때였을 거예요. 민우는 식구들 전부와 미국으로 들어가고 나서 그 후에 어떻게 사는지 전혀 소식이 없었어요. 종관 씨랑 여기에서 처음 만나 등반했던 87년 그때보다도 훨씬 전이었을 거예요. 난 걔가 아주 잠수 타고 연락이 안 돼 산은 아주 끊은 줄 알았거든요."

동행한 대원들에게 다시 이렇게 말했다.

"정말 오랫동안 헤어져서 너무 만나고 싶었던 친구였어요. 별의별 추억이 다 많았던…."

우쿨렐레 연주를 잠시 멈춘 영수 형에게 말했다.

"형, 저 17번 캠프에 갔다 올게요! 시간이 좀 늦긴 했지만 얼른 다녀올게요. 내일 운행에는 지장 없게 할 테니까요."

"야, 아니 이거 정말 웬일이지, 여기서 민우를 다 만나고…?"

나는 혼잣말을 하며 술에 조금 취하긴 했지만 민우를 만난다는 마음에 너무 흥분해서 어쩔 줄 몰라 하며 민우가 있다는 17번 캠프사이트로 한걸음에 내닫기 시작했다.

Chapter 3

만남 – 도봉산 선인봉

1976년 가을, 도봉산 선인봉 표범길 스타트 지점에서 요델산 악회의 이태영과 함께 등반 준비를 하고 있었다. 안전벨트에 장비를 하나씩 걸며 나는 투덜거렸다.

"야, 개태영! 빌레이 제대로 봐. 어젯밤에 너무 마셔댔더니 지금 상태가 말이 아니야. 소주 사홉으로 한 서너 병은 넘게 마신 것 같아."

자일을 허리에 묶으며 말하자 태영이 쏘아붙였다.

"야, 이 씨발아. 내가 빌레이는 10단이잖아! 그건 너도 알잖아. 스타트 밑 크랙에 주먹 재밍 팍 하고 한 방에 올라가!"

그는 로프를 정리하며 외쳤다.

"확보 준비 완료!"

"까고 있네, 씨발새끼. 10단 같은 소리 하고 있네…. 태영아, 나 간다!"

"출발!"

큰 복창 소리와 함께 나는 오른손 주먹을 크랙에 재밍하며 등반을 시작했다.

표범길에서 가장 까다로운 첫 스텝이었다. 재밍한 손에 힘을 주어 몸을 끌어 올리고, 알루미늄 너트를 크랙에 밀어 넣은 뒤 로프를 통과시켰다. 이어지는 언더 크랙을 레이백 자세로 밀착해 올라간다. 숨을 내쉴 때마다 어젯밤 마신 소주의 냄새가 입안에서 되살아났다.

"우이그, 아침부터 술독 제대로 빼네."

첫 피치를 마치고 확보 후 "완료!"를 외쳤다. 아래서 태영이 소리친다.

"줄 좀 가져가!"

그는 배낭을 둘러메고 후등 준비를 했다.

태영과의 인연은 지난여름, 설악산 양폭산장에서 시작되었다. 석주골 천화대, 공룡능선, 설악골을 함께 등반하며 우리는 금세 친해졌다.

예전부터 도봉산장이나 할머니 가게에서 산악회 선배들과 어울려 술을 마신 적은 있었지만, 태영과 직접 로프를 묶고 등반한 건 그때가 처음이었다.

그해 여름, 우리 한국봘트클럽의 하계 등반은 설악산 양폭산장을 베이스캠프로 삼고 천불동계곡 주변의 암벽을 섭렵하는 일정이었다.

양폭산장에 도착한 날, 당시 산장지기였던 은벽산악회의 허정식 형이 나에게 말했다.

"너, 요델산악회의 개태영 알지? 오늘 저녁 같이 한잔하자."

그날 밤, 태영은 혀가 꼬부라질 정도로 취한 목소리로 석주길 옆에 몰래 찜해둔 멋진 벽이 있다고 귀띔했고, 개척 등반을 함께 하자며 줄을 같이 묶자고 했다. 그 인연으로 우리는 등반 파트너가 되었다.

태영은 밤낮을 가리지 않고 술을 마시며 가끔은 도통 이해되지 않는 소리를 중얼거리기도 했다. 하지만 양폭산장 주변은 그의 손바닥 안이나 다름없었고, 그의 안내로 석주길 인근의 멋진 암벽들을 개척할 수 있었다.

무엇보다, 등반에 들어서면 그는 마치 술기운이 싹 가신 듯 놀라운 집중력을 보였다. 빌레이 역시 정확하고 침착했다. 그런 태영이기에, 나는 그를 믿었고 여름 양폭산장의 인연은 이렇게 가을의 선인봉으로까지 이어져 왔다.

태영과는 2주 전, 인수봉 등반을 마치고 내려오다 도선사 승차장에서 우연히 마주쳤다. 요델산악회 회원들과 어울려 우이동에서 술판이 벌어졌고, 그 자리에서 이번 주말 선인봉을 함께 오르자는 태영의 제안에 넘어갔다.

우리는 도봉산 초입의 할머니 가게에서 만나기로 약속했다.

할머니 가게에서 만난 태영은 날도 더운데 뭘 그리 급하냐며 웃으며 말했다.

"해 떨어지면 올라가자. 오랜만에 한잔하자고⋯."

그의 꼬심에 결국 넘어가, 대낮부터 녹두빈대떡과 두부김치를 안주 삼아 소주를 들이켰다.

결국 술에 취한 채 어둠 속을 더듬으며 산을 올랐고, 계획했던 석굴 야영터는 포기하고 도봉산장으로 향했다. 자정이 훌쩍 넘도록 계속 술잔을 기울이다가, "내일 표범길 같이 하자."는 태영의 말이 씨가 되어 아침이 되기도 전에 숙취를 이끌고 석굴암으로 향하게 된 것이었다.

표범길은 요델산악회 선배 백인섭 형이 개척한 코스였다. 그는 술만 마시면 자신이 개척한 것도 아닌 그 길을 마치 전설처럼 떠들어 대곤 했다. 선인봉 전면 벽의 왼쪽으로 하늘을 향해 날카롭게 뻗은 표범길은, 오른쪽의 박쥐 코스와 함께 선인봉을 대표하는 루트였다. 특히 시작부터 쉽지 않은 난이도 덕분에 암벽등반 초보자는 시도하지 못하는 길로, 한적한 매력이 있었다.

45도 각도로 날아오른 듯한 표범의 날개에 매달리면 고도감이 스멀스멀 피어오른다. 레이백 자세로 날개를 잡아 오르면 이어지는 슬랩 구간이 허리길 크랙까지 이어지며 다양한 등반 재미를 느끼게 해준다. 하늘길, 거미길과 더불어 내가 가장 좋아하는 선인봉의 코스 중 하나였다.

태영이 테라스에 올라 확보를 끝내자, 나는 자리를 넘겨받고 표범의 날개에 몸을 실었다. 술기운도 거의 사라졌고, 굳어 있던 근육도 부드럽게 풀려 있었다.

유연한 레이백 동작으로 가뿐히 테라스에 올라 확보를 마쳤다. 로프를 당기며 외쳤다.

"태영아, 출발해라!"

태영도 슬랩과 언더 크랙을 섞어가며 재빠르게 날개를 통과해 테라스에 도착했다. 나는 사린 로프를 태영에게 건네며 말했다.

"빌레이 신경 써."

그리곤 슬랩 구간에 진입했다. 손잡이도, 발 디딜 곳도 거의 없는 만만찮은 경사였다. 조심스레 균형을 잡으며 올라가 크랙 출발점에 박힌 하켄에 슬링을 걸고 로프를 통과시켰다. 곧이어 허리길 크랙에 진입했다.

허리길 크랙은 칸테처럼 벌어진 침니에 가까운 넓은 크랙이다. 안으로 들어가면 몸이 끼고 움직이기 힘들어 버벅거리기 쉽다. 조금은 겁이 났지만, 나는 과감히 크랙 밖으로 몸을 빼고 레이백 자세로 올라갔다. 순간적으로 힘은 들지만, 크랙 안에서 버둥거리는 것보다 훨씬 수월하게 테라스에 도달할 수 있는 방법이었다.

레이백 자세로 밸런스를 잡으며 반쯤 올라가니까 허리길 쪽에서 빨간 갈리비에 헬멧을 쓴 사람이 펜드럼 트래버스를 하여 크랙으로 접어들며 확보를 했다.

나는 표범 테라스에 올라가 확보를 하고 나서 "완료"를 외치며 빨간 헬멧이 올라올 때 로프가 꼬이거나 간섭될지도 몰라 태영에게 다시 말했다.

"태영아 허리길에서 다른 사람이 올라오고 있으니까 조금만 대기하고 있어."

빨간 갈리비에는 침니 속으로 기어 들어가 가쁜 숨을 내쉬며 힘들게 테라스로 올라와서 확보를 한 후 고맙다고 인사를 했다.

덩치는 크지만 헬멧을 벗은 모습이 아주 앳되어 보여 학생이니? 하고 반말로 물어봤다.

"예! 동대문 상고 1학년에 다니고 있습니다." 대답을 하고는, "그런데 제 후등자가 벙어리라서 올라오는 도중에 줄이 엉키거나 하면 조금 문제가 되니까 저희가 먼저 등반하면 안 될까요?"라며 부탁을 했다.

"그래, 후등자가 벙어리야? 그럼 그렇게 해라. 그런데 벙어리는 못 들을 텐데 개한테 어떻게 출발하라고 말을 하니? 더구나 허리길은 네 후등자가 보이지도 않는 데 있잖아?"라고 승낙 겸 질문을 했다.

"그 형은 로프가 빠져나가는 것을 보며 감 잡으면서 등반을 해요. 또 다른 팀이 테라스에 같이 있을 때는 등반이 완료돼서 출발하라고 전해달라기도 하고요."라고 대답했다.

"그래, 그럼 너 올라올 때 저 건너 테라스에 다른 팀이 있었니?"

"아니요! 그땐 없었는데 바로 따라오는 팀이 있었어요." 하며 건너 테라스에 대고 외친다.

"허리길 테라스에 있는 하얀 갈리비에 헬멧 좀 출발하라고 좀 전해주세요! 파란색 군용 자일이요!"

"그래! 너네들 아주 위험하게 등반하네! 그럼 3명이 한 조가 되어 함께 등반하면 더 좋을 텐데…."

"예, 보통 때는 제 친구랑 같이 3명이 등반하는데 오늘은 친구가 집안에 일이 있어 산에 못 와서 그냥 둘이서 등반을 시작했어요." 하며 아래쪽에서 늘어진 로프를 당기며 사리기 시작했다.

나는 아래에 있는 태영에게 외쳤다.

"태영아 너 조금만 더 기다려야 해. 여기 문제가 좀 있어!"

"알았어, 하지만 여기 테라스 좁은 데다 안전벨트가 아주 좆같아서 불알 터지기 일보 직전이니까 빨리 좀 해."라고 태영이 대답했다.

하얀색 갈리비에 헬멧이 펜드럼 트래버스를 하고 바로 크랙에 접어들며 올라오기 시작했다. 몸매가 아주 날씬하고 호리호리한 게 빨간 헬멧보다는 그다지 어렵지 않게 테라스로 올라섰다. 태영도 바로 따라 올라와 테라스에 들어섰다.

하얀 갈리비에 헬멧은 담배를 빼 물고 나에게도 한 대 피우라고 권했다. 나는 손을 저으며 담배를 안 피운다고 하고 대신 태영에게 담배를 전해주었다.

나와 태영은 여기서부터 정상까지는 등반의 난이도도 없고 정상에서 석굴야영장까지는 삥 돌아 걸어서 내려와야 되기 때문에 그냥 박쥐 테라스를 거쳐 바로 하강하기로 했다.

나는 빨간 갈리비에에게 "너네들도 우리랑 같이 그냥 여기서 내려가자! 우리 로프랑 같이 연결하면 두 번에 내려갈 수 있으니까!" 말을 하고는 승낙도 받지 않고 바로 우리 로프를 하강용 피톤에 통과시켜 파란색 군용 로프와 연결하고 아래로 던져 하강 준비를 했다.

우리는 박쥐 테라스까지 한번 하강을 한 후 다시 30m가량 하강을 하여 표범 출발 지점까지 내려섰다.

라스트로 태영이 내려온 뒤, 등반 장비를 정리하며 로프를 당기고 있던 빨간 갈리비에 헬멧을 쓴 친구에게 말을 건넸다.

"그런데 너, 이름이 뭐니?"

"예, 저는 이용기라고 합니다. 저 형은 김민우고요."

"그래! 난 한국봔트클럽 최영국이야."

나는 웃으며 손을 내밀었다.

"저기 스포츠머리 보이지? 내 친구 이태영인데, 요델산악회 회원이고."

나는 두 사람을 번갈아 보며 말을 이었다.

"근데 너희들 등반은 어디서 배웠어? 클럽 같은 데 들어가 있니?"

용기는 고개를 저었다.

"아뇨, 그냥 저 형이랑 제 친구랑 셋이서만 등반해요."

나는 고개를 끄덕이며 말했다.

"그래? 그럼 우리 클럽에 들어오지 그래. 내가 선배들이랑 잘 가르쳐줄게. 우린 장비도 끝내주고, 회원이 30명쯤 되는데 암벽 등반을 전문으로 꽤 세게 타는 편이야."

그러고는 태영을 향해 고개를 돌렸다.

"저 형이 있는 요델산악회는 한때 무지 셌는데 요즘은 좀 시들해. 한국완트클럽 들어봤지? 우린 등반만 전문으로 하는 클럽이야."

잠시 후 나는 다시 물었다.

"그런데 지금 바로 내려갈 거야?"

용기가 대답했다.

"예. 친구가 도봉산 19번 버스 종점으로 올 거예요. 5시에 만나기로 했거든요."

"그래, 아직 시간 있으니 천천히 같이 내려가자. 우리 어제 야영했거든. 도봉산장에 들러서 배낭 챙기고 같이 가면 되겠다."

산장에 들러 배낭을 챙긴 뒤 나는 아줌마에게 인사를 드렸다.

"아줌마! 다음 주에 다시 올게요. 안녕히 계세요."

아줌마는 우리를 한번 훑어보시곤 물으셨다.

"그래, 조심해서 내려가라. 근데 쟤네들은 누구니? 너희 클럽 같진 않은데…."

나는 살짝 웃으며 말했다.

"예, 선인봉에서 등반하다가 만났어요. 1명은 말을 못 하고, 곱슬머리는 고1이래요. 애들 착해 보여서 우리 클럽에 오라고 했죠. 아저씨는 어디 가셨어요?"

"아저씨는 천축사에 법회 있다고 주지 스님이 부르셔서 근호랑 같이 올라가셨어. 조심해서 내려가렴."

"예. 인사도 못 드리고 내려간다고 전해주세요."

태영도 아줌마께 인사드린 뒤 우리는 산을 내려가기 시작했다.

할머니 가게에 들러 인사를 드리고, 조용히 샘터 쪽으로 내려왔다. 도봉 카바레 아래 샘터에 도착하니, 해가 뉘엿뉘엿 산 너머로 기울고 있었다.

나이 지긋한 이들이 소주잔을 기울이며 웃고 있었고, 고소한 안주 냄새와 저녁 바람이 섞여 코끝을 간질였다.

19번 버스 종점에 도착하자 민우와 용기는 이곳저곳을 기웃거리며 누군가를 찾는 듯했다. 공중전화 박스 앞에서 전화를 걸던 여학생이 손을 흔들며 다가왔고, 용기는 그녀를 반갑게 맞이했다.

나는 태영에게 말했다.

"아까 점심을 비스킷으로 때웠더니 배고프네. 감자탕에 소주나 한잔하고 가자."

그러고는 용기에게도 물었다.

"용기야, 너희도 시간 되면 같이 밥 먹고 가자."

우리는 도봉천 위 느티나무 근처 감자탕집에 자리를 잡았다.

커다란 알루미늄 냄비에 감자탕이 푸짐하게 담겨 나오고, 소주 2병이 상 위에 올려졌다. 김이 모락모락 피어오르고, 옆 테이블에서는 트로트가 잔잔히 흘렀다.

나는 여학생을 보며 물었다.

"그런데 어떻게 아는 사이에요, 이분이랑은?"

그녀는 부드럽게 웃으며 대답했다.

"아, 용기랑은 혜화동 성결교회 청년회에서 알게 됐어요. 저는 조정선이라고 해요. 상명대 일어일문과 1학년이고요."

그녀는 민우를 가리키며 말을 이었다.

"이 친구는 민우예요. 신구전문대 사진과 1학년이고, 집은 사당동인데 학교 때문에 성남에 살아요. 교회는 같이 안 다니지만, 청년회에서 봉사활동 하러 간 농아학교에서 만났어요."

그러면서 민우를 향해 자연스럽게 수화를 곁들여 동시에 내용을 전했다. 그녀의 손짓이 부드럽고 능숙했다.

나는 고개를 끄덕이며 말했다.

"나는 인하대 기계과 1학년, 이름은 최영국. 오늘 아침 선인봉에서 용기랑 만났어요. 그리고 이 친구는 요델산악회 이태영. 우린 둘 다 20살이야."

정선이 고개를 끄덕이며 말했다.

"아, 민우랑 동갑이시네요."

그러고는 태영을 바라보며 웃었다.

"저도 20살이에요. 국민학교를 일찍 들어가긴 했는데 재수했거든요. 우리 거의 친구네요."

그녀는 다시 민우에게 수화로 내용을 전했다. 민우는 조용히, 그러나 또렷하게 입을 열었다.

"나…는…, 김…민…우…예…요."

그 순간, 테이블에 앉은 우리 모두의 시선이 민우에게 향했다. 정적이 흐르고, 나는 부드럽게 웃으며 그의 손을 잡았다.

"어, 말을 못 한다더니…. 네 목소리 들으니까 기쁘다."

용기가 덧붙였다.

"예. 형이 훈련을 많이 해서 짧게는 말을 할 수 있어요. 그리고 우리가 천천히 말하면 입술 보고 거의 다 알아들어요."

나는 민우를 바라보며 천천히, 또박또박 말했다.

"난 '최', '영', '국'. 너랑 나랑 나이도 비슷하니까…. '친', '구', 하자."

민우가 조용히, 그러나 분명한 발음으로 말했다.

"반…가…워…, 영…구…가…."

그 순간, 마치 오래전부터 알고 지낸 사람처럼, 따뜻한 기류가 테이블 위를 감쌌다.

그렇게, 우리는 서로를 향해 문을 열었다. 이것이, 우리의 첫 만남이었다.

Chapter 4

사랑 – 서울

그날 이후 민우는 한국봳트클럽이 매주 수요일 서울 시청 뒤 아가페 다방에서 갖는 집회에 나와 내 친구들을 만났고, 곧 정식으로 우리 클럽의 회원이 되었다.

민우와 직접 대화를 나누기는 어려웠지만, 우리가 하는 말은 입 모양을 보며 거의 다 알아들었고, 자신의 의견은 종이에 써서 보여주는 방식으로 충분히 소통이 가능했다. 일상적인 대화에는 전혀 문제가 없었다.

게다가 민우의 친구 정선이는 우리에게 간단한 수화 방법을 가르쳐 주었다. 손가락과 손의 모양으로 의사를 전달하는 수화는 처음엔 너무 빨라 보여 도무지 따라갈 수 없을 것 같았지만, 간단한 표현을 익히다 보니 재미도 있고 흥미도 생겨서, 우리끼리 간단한 말은 수화로 주고받는 일이 많아졌다.

민우의 등반 파트너였던 용기와 용기의 친구 영호도 가끔 산에서 우리와 만나 등반을 함께 하게 되었다.

민우는 전혀 장애인 같지 않게 밝은 성격에 잘 웃었고, 옷차림이나 소비 습관을 보면 집안이 꽤 유복한 듯했다.

나중에 정선이를 통해 알게 된 사실인데, 민우의 아버지는 의사이시며 사당동에서 산부인과와 외과 병원을 함께 운영하고 계신다고 했다.

민우가 가는 곳이면 꼭 함께 따라오는 정선 역시 깔끔한 차림에, 함께 술을 마시거나 밥을 먹을 때도 거리낌 없이 계산을 하는 등 학생치고는 돈을 여유롭게 쓰는 편이었다. 민우와 마찬가지로 부유한 집안의 딸인 듯했다.

그해 겨울, 크리스마스가 가까워질 무렵, 민우는 우리에게 어머니께서 친구들과 함께 식사하자며 초대했다고 전했다.

민우네 집은 사당동 고개 인근에 위치한, 바깥은 병원이고 안쪽은 주택으로 설계된 아주 큰 2층 양옥집이었다.

큰길가 병원 입구에는 '김○○ 산부인과' 간판이 붙어 있었고, 집 안채와 병원은 유리문으로 연결되어 있어 간호사들이 오가며 분주히 움직이고 있었다.

"어서들 와라! 민우한테 말 많이 들었다. 우리 민우랑 사이좋게 지내줘서 참 고맙구나. 다들 편하게 앉아서 많이 먹어라!"

민우 어머니는 자그마한 체구에 날씬하신 몸매, 그리고 단정한 안경을 쓰신 멋쟁이 아주머니셨다. 곱게 나이 드신 모습에서

단아한 기품이 느껴졌다.

거실에는 이마 한 상 가득 여러 음식이 차려져 있었고, 집에서 일하시는 아주머니가 음식이 떨어질세라 부엌 쪽에서 연신 다양한 음식을 내왔다.

김이 모락모락 피어오르는 갈비찜, 전골, 잡채, 그리고 고소한 전들까지—우리 모두는 민우 어머니의 따뜻한 환대 속에서 편안한 저녁을 즐기게 되었다.

처음 방문한 집이어서 처음에는 조금 조심스럽기는 했지만 술을 몇 잔 들이켜니 긴장감은 금세 사라지고 모두 신나게 웃고 떠들며 맛있는 음식을 마음껏 먹게 되었다.

나중에 알게 된 것이기는 하지만 민우는 외아들로, 위로 누나한 분과 여동생이 두 명 있다고 했다. 누나는 민우와는 달리 청각에 이상이 없는 정상인이며, 방배동 소라아파트 상가에서 소아과 병원을 운영하는 의사라고 했다.

민우는 태어날 때는 정상이었지만 초등학교 입학 무렵부터 청력이 점점 떨어져 결국 들리지 않게 되었고, 여동생 둘은 태어날 때부터 농아로 태어났다고 한다. 이런 청각장애는 외가 쪽 유전질환 때문이라 아버지와 누나가 의사임에도 치료 방법이 없어 지금에 이르게 되었다고 했다.

그럼에도 민우는 외모가 탤런트처럼 잘생겼고, 중고등학교 모두 일반 학교를 다녔으며 현재는 성남에 있는 신구전문대 사진

학과에 재학 중이었다.

민우는 아버지가 의료봉사를 하던 장애인 주일 학교에서, 혜화동 교회 청년회 소속으로 봉사활동을 나왔던 정선을 만나 친구가 되었고, 두 사람은 급속히 가까워졌다.

정선은 성격이 밝고 명랑해서 우리 모임에서도 대화를 주도했으며, 민우와 우리 사이의 대화를 수화로 통역해 주고, 수련회에도 함께 가며 수화 교육도 계속 도와주었다. 덕분에 우리 모두는 마치 오랜 친구처럼 자연스럽게 어울리게 되었다.

민우의 누나와 매형도 장애를 가진 동생과 친하게 지내는 우리를 반갑게 여겨 맛있는 음식을 사주며 앞으로도 좋은 친구로 지내달라 당부하기도 했다.

이렇게 가까이 지내는 동안 정선과 민우의 관계는 연민에서 시작해 점점 깊은 친밀감으로 발전했고, 우리 모두는 두 사람의 사이가 단순한 친구 이상임을 느낄 수 있었다.

그러던 중 정선의 집에서 두 사람의 관계를 눈치챘고, 정선의 부모님은 극단적인 방식으로 만남을 막기 시작했다. 심지어 정선의 머리를 삭발하고 학교를 휴학시키는 등 외출조차 못 하게 했다고 했다.

정선은 종교적 신념과 오랜 시간 쌓인 민우와의 정 때문에 몹시 괴로워했다. 결국 정선은 집을 나와 민우와 함께 살기 시작했다.

어느 날 정선은 나에게 전화를 걸어 부탁했다.

"영국 씨, 제가 집을 갑자기 나오는 바람에 옷을 거의 챙기지 못했어요. 가정부 아주머니께 전화를 드렸더니 옷을 담 너머로 넘겨주시기로 하셨어요. 그런데 저나 민우 씨는 무서워서 집 근처에도 못 가겠어요. 혹시 영국 씨가 대신 가서 받아다 주실 수 있을까요?"

나는 성신여대 인근 정선의 집을 찾아가, 담 너머로 가정부 아주머니가 건네준 옷을 받아 민우와 정선에게 전달했다. 하지만 그 무렵부터 두 사람이 함께 지내는 모습은 예전만큼 밝고 유쾌하지 않았다.

학교도 다니지 않고, 별다른 일도 하지 않은 채 지내다 보니 우리와 어울릴 때도 어딘가 어색한 느낌이 들었다. 민우 어머니가 반포 고속버스터미널 인근에 작은 아파트를 얻어주어 두 사람이 동거를 시작한 이후로도 이런저런 어려움으로 다툼이 잦아지는 듯했다.

그러던 중 정선은 임신을 했고, 민우의 누나의 도움으로 딸을 출산했다. 아기의 이름은 은서였다.

은서가 태어난 후 생활이 조금 안정되는 듯 보였지만, 정선과 민우의 관계는 마치 껍데기가 얇은 날계란처럼 여전히 불안정한 상태로 위태롭게 이어지고 있었다.

그러던 어느 날, 정선의 아버지가 오랜 투병 끝에 세상을 떠나셨다.

"아이고 정선아, 이걸 어떡하니. 사장님이⋯. 오늘 새벽에 돌아가셨어⋯."

"그동안 당뇨로 너무 오래 고생하시더니, 최근 몇 년은 네 일로 더 힘들어하셨어⋯."

정선은 친정집 가정부 아주머니로부터 부고를 전해 듣고는 정신이 아찔해져 곧장 서울대병원 장례식장으로 달려갔다.

"아이고 아버지⋯, 아버지⋯. 나는 이제 어떡해요⋯. 이렇게 갑자기 가시면⋯."

지하 2층 15호실. 정선은 영정 앞에 주저앉아 통곡하며 눈물을 쏟았다.

그 순간, 정선의 오빠가 장례식장 안으로 들어서더니 소리쳤다.

"아니, 너 이년아! 이 화냥년아! 여기가 어디라고 무슨 낯짝을 들고 왔니? 이 미친년아, 당장 나가!"

정선의 오빠는 쓰러져 울고 있는 정선을 억지로 끌어내려 했고, 그 곁에서 정선의 어머니는 정선을 부둥켜안고 울부짖었다.

"아버지가⋯. 너를 얼마나 기다렸는데⋯. 이년아⋯, 이 못난 것아⋯."

어머니는 정선을 안은 채 등을 주먹으로 때리며 함께 울었고, 가정부 아주머니도 정선을 말리는 오빠를 붙잡고 함께 눈물을 흘렸다.

"아이고 민수 아빠⋯. 사장님이 막내 아가씨를 얼마나 보고 싶어 하셨는지 제가 다 알잖아요….”

정선은 아버지의 죽음 앞에서, 부모님의 기대를 저버렸던 지난 삶과 스스로 선택했던 길에 대한 회한으로 더욱 깊은 통곡을 터뜨렸다.

뒤늦게 도착한 민우가 장례식장에 들어서자, 또다시 소란이 일었다.

“너 이 자식아! 이 병신 같은 놈아! 무슨 낯짝으로 여길 와? 우리 아버지가 누구 때문에 돌아가신 줄 알아? 바로 너 때문이야, 이 자식아!”

정선의 오빠는 민우의 멱살을 잡고 장례식장 바깥으로 끌어냈다.

정선의 아버지는 국내 굴지의 출판사를 경영하던 분으로, 생전에 쌓은 신망과 인덕 덕분에 발인 첫날은 조금 어수선했지만, 전체적으로는 성대하고 정중한 장례를 치른 뒤 영면에 드셨다.

정선은 민우와의 생활 중 시댁의 도움으로 궁핍하지는 않게 살았지만, 아버지의 사망 후 적지 않은 유산을 상속받으며 경제적으로는 확실히 자리를 잡게 되었다. 그러나 아이러니하게도, 이로 인해 정선과 민우의 결혼 생활은 더욱 불안정해졌다. 마치 살얼음 위를 걷듯, 위태로운 날들이 이어졌다.

그런 와중에 우리는 북한산 인수봉에 등반을 갔다가 내려오는 길에 민우의 집에 들러 함께 집 근처 사당시장 감자탕집에서 술을 마시게 되었다. 이날 정선도 함께 술을 마시며 민우에 대해 털어놓았다.

"요즘 은서 아빠가 밤에 잠을 안 자요. 한밤중에 애가 깨서 울어 일어나 보면, 그 사람이 시뻘건 눈으로 우릴 가만히 쳐다보고 있어요. 우리가 자기만 놔두고 도망갈까 봐 그런대요. 너무 무서워요…. 얼굴도 점점 해골같이 말라가고 있고…."

정선은 불안한 눈빛으로 술잔을 비웠다.

"영국 씨, 은서 아빠한테 말 좀 해주세요. 우리가 그럴 사람들 아니라고…."

민우는 예전에도 의견 충돌이 생기면 목소리를 높이지 않고 조용히 넘기곤 했지만, 요즘은 작은 일에도 신경질적으로 반응하고, 감정의 기복이 심해져 있었다. 웃다가도 금세 화를 내고, 무언가에 불안해하며 초조한 모습을 자주 보였다.

"정선 씨, 오늘은 다들 술도 마셨으니까, 이성적인 얘긴 좀 어렵겠네요. 내가 모레쯤 민우랑 따로 만나서 조용히 얘기해 볼게요."

나는 정선을 다독이며 말을 이었다.

"아버님 돌아가신 지 얼마 안 돼서 많이 힘들겠지만…. 민우한테도 마음 좀 편하게 대해줘요. 쟤가 오죽하면 저러겠어요. 빈소에서 오빠한테 끌려 나와서 머리 맞고 발길질까지 당하고…. 그때 온몸을 부들부들 떨던 모습, 난 아직도 잊히질 않아요."

그날 등반도 힘들게 했고, 술도 제법 마셔서 몹시 피곤했기에, 나는 민우와 따로 얘기할 시간을 잡기로 했다. 이틀 뒤, 학교 수

업이 끝난 오후 5시. 우리는 사당동 사거리 근처, 민우가 좋아하는 순댓국집에서 다시 만나기로 했다.

할머니가 운영하는 작은 순댓국집에 들어서니 민우가 먼저 와 있었다.

"민우야, 요즘 많이 힘들었지? 그때 은서 외할아버지 장례식에서도…. 그랬고…."

민우는 아무 말 없이 고개만 끄덕였다.

"그래도 어쩌겠니. 지금까지 그래왔듯, 네가 좀 더 참아야지."

민우는 늘 들고 다니던 스프링 노트를 꺼내어 글을 적기 시작했다.

「왜 맨날 나만 그래야 돼? 내가 무슨 잘못했어?」

그러고는 소주잔을 들이켰다.

"민우야, 왜 이렇게 술을 많이 마셔? 안주도 안 먹고 한 잔씩 다 비우면 빨리 취하잖아. 술 좀 줄여야겠어."

내가 잔을 들며 조심스럽게 말했다.

"산에서 내려온 날 너네 집에 갔을 때 들었는데, 정선이가 네가 예전 같지 않다고…. 많이 힘들어하더라."

민우는 잠시 생각에 잠기더니 글을 다시 적었다.

「정선이 힘들겠지. 나 같은 놈이랑 살면서 애까지 키우고⋯. 근데 나도 요즘 사는 게 사는 게 아냐. 그리고 이 모든 게 정선이 때문만도 아니야.」

"설마⋯. 정선 씨 오빠가 또 찾아왔어?"

「아니야. 그런 건 아니고⋯. 우리 집에 좀 문제가 생겼어.」

"집? 사당동? 무슨 문제인데?"
민우는 잠시 멈칫하더니, 노트에 빠르게 글을 써 내려갔다.

「엄마랑 누나도 점점 나처럼 되어가고 있어. 청력이 점점 안 좋아지고 있어. 듣지 못하는 것도 이제 시간 문제야. 엄마는 그렇다 쳐도⋯. 누나는 괜찮을 줄 알았는데⋯. 아버지도 요즘엔 집에 안 들어오셔. 딴 집이 있던 건 알았지만⋯. 이제는 완전히 거기 가버리신 것 같아.」

민우는 체념하듯 술잔을 다시 비웠다. 나는 말이 막혀 그냥 술잔을 들었다.
"정선 씨도 이 사실 알아?"

「아니, 얘기 안 했어. 안다고 해도 도움될 것도 없고…. 엄마가 대충 정리해서 동생들 먼저 이모가 사시는 보스턴으로 보내려고 해. 여기선 농아학교 나와봤자 뭘 할 수 있겠어. 거기선 장애자라고 덜 차별받고 살 수 있을 테니까. 학교는 이모부가 알아보고 계셔.」

「나도 여기선 별로 할 수 있는 게 없어. 은서 엄마가 좀 안정되면 이야기해서…, 나도 미국으로 가려고 해. 요즘 정선이가 아버지 돌아가시고 나서 예민하고, 신경질도 많이 부리고 있어서….」

민우는 수첩에 빼곡하게 마지막 글을 써 내려갔다. 나는 말없이 고개를 끄덕였다.

"그래도 나한텐 얘기하지 그랬어. 얼마나 힘들었겠니…. 누나랑 매형도 많이 힘들겠네. 그래도…, 모두 힘내야지. 지금보다야 나아질 수 있을 거야."

나는 할머니께 술값을 물으며 민우를 바라보았다.

"오늘은 술 그만 마시고 집에 가자. 정선 씨한테 너 만난다고 얘기하긴 했지만…. 무슨 일 생기면 정선 씨 통해서라도 꼭 연락해. 혼자 끙끙 앓지 말고."

민우와 헤어져 버스 정류장으로 향하는 길. 나는 정선에게 민우의 상황을 말해야 할지, 말아야 할지 고민에 빠졌다.

이런저런 생각이 떠오르면서도, 민우는 정선에게 자기 집에 대한 말을 쉽게 꺼낼 사람은 아니란 생각이 들었다. 하지만 정선은 내가 민우와 만난 것을 알고 있으니, 그냥 내가 먼저 말해야겠다고 생각했다.

학교 수업이 끝난 오후, 정선에게 전화를 걸고는 곧장 민우네 집으로 찾아갔다.

"정선 씨, 어제 민우 일찍 들어왔죠?"

"9시쯤 들어왔나? 영국 씨랑 사당동 할머니 순댓국집에 갔었다고 하던데요."

"예, 다른 무슨 얘기는 없었고요?"

정선이 준 물을 마시며 다시 물었다.

"예, 아무 이야기 안 하던데…. 그냥 오늘 아침에 어머니에게 전화가 왔었어요. 그래서 사당동 집에 갔는데…. 왜요, 어제 무슨 일 있었어요?"

정선이 은서를 흔들 침대에 내려놓으며 물었다.

"아니요, 무슨 일은요. 아무 일도 없었고요. 그냥 지난 일요일 산에서 내려와 정선 씨가 민우에게 왜 밤에 잠도 안 자고 그러냐고 말해보라고 했잖아요."

"예, 그런데요…. 왜요? 은서 아빠에게 물어봤어요?"

"예, 그래서 어제 민우랑 얘기했어요. 그 얘길 정선 씨에게 전해주려고요. 민우가 어떻게 해야 할지 고민이 많은 것 같아요.

오늘 어머니가 집에서 전화 온 것도 아마 그 일 때문일 거예요."

정선은 내 말을 다 듣고 나서 조용히 말했다.

"아…. 큰고모한테도 그런 일이 오는구나…. 그럼 어떻게 해야 하죠?"

"글쎄요, 내가 민우한테 어제 들은 얘기 전부 정선 씨한테 이야기했다고 말할게요. 그전에는 그냥 가만히 있는 게 좋겠어요. 뭐, 당장 무슨 일이 벌어지는 것도 아니고, 또 무얼 어떻게 할 수 있는 것도 아니잖아요."

"그래야겠네요…."

정선은 한참 은서를 바라보다가 말을 이었다.

"그런데 영국 씨는 우리 미국에 가는 것, 어떻게 생각해요?"

나는 조용히 대답했다.

"나 같으면, 미국에 갈 수 있다면, 은서랑 전부 미국에 가겠어요. 여기서는 민우가 뭐 할 수 있는 것도 아니고…. 은서를 위해서라도, 거기 가서 새로운 생활을 시작해 보는 게 내 생각에는 더 나을 것 같아요. 지금보다는 훨씬 나은 새로운 기회가 생기지 않겠어요?"

Chapter 5

혼돈 - 군대

　그런 대화가 오간 지 얼마 지나지 않아, 혹독한 겨울이 찾아왔다. 그해 겨울은 유난히 추웠고, 눈도 많이 왔다. TV에서는 최근 10년 동안 기상 관측 이래 가장 추운 겨울이라며 연일 떠들어 댔다. 연달아 내린 눈과 혹한 때문에 길은 온통 빙판이 되었고, 사람들의 옷차림은 점점 두터워졌다.

　나는 설 연휴가 끝나자마자 더는 미룰 수 없던 군 입대를 하게 되었다. 학교 일정으로 몇 차례 연기했던 터라, 더 이상은 피할 수 없었다. 그렇게 나는 논산훈련소로 향했다. 또래들보다 훨씬 늦은 나이에 입대한 터라 체력적으로도 부담이 컸는데, 그해 겨울의 혹독한 추위가 군 생활을 더욱 힘들게 만들었다.

　다행히도 나는 병참 주특기로 분류되어, 논산훈련소에 이어 대전 병참학교에서 후반기 교육을 받고 수도권의 보급사령부로 자대 배치를 받게 되었다. 그렇게 군 생활을 시작한 지 6개월이 지나, 첫 휴가를 나가게 되었다. 휴가 기간에 민우를 만나게 되었다.

민우는 미국 이주 준비가 생각보다 복잡하다고 했다. 초청장에 입학허가서 등 준비해야 할 서류도 많고 절차도 까다롭다고 한다. 미국에 거주 중인 이모부의 도움으로 수속을 밟고 있었고, 다행히도 민우보다 먼저 수속을 시작한 동생들은 지난 10월 초 미국으로 떠났다고 했다.

민우 본인도 뉴욕에 있는 학교에서 입학허가를 받아, 늦어도 그해 12월이나 내년 초쯤에는 미국으로 갈 수 있을 것 같다고 말했다. 정선과의 관계도 예전보다는 나아졌다고 했다. 민우는 유학생 자격으로, 정선과 은서는 유학생 동반자 자격으로 미국 이주 수속을 함께 밟고 있었다.

미국으로 간다는 목표가 생기자 민우의 표정도 한결 밝아졌고, 내가 입대할 무렵의 그 암울했던 분위기에서 조금씩 벗어나고 있다고 말했다.

하지만, 휴가를 마치고 자대로 복귀하자 곧바로 충격적인 사건이 터졌다. 박정희 대통령 시해 사건이었다. 온 나라가 비상사태에 휩싸였고, 계엄령이 선포되었다. 군대는 말할 것도 없이 매일 같이 긴장 상태였다.

보안사령관이었던 전두환 장군이 권력을 잡고 국가보위입법회의, 일명 '국보위'가 설치되었다. 이어 사회정화위원회가 조직

되었고, 삼청교육대가 발족되었다.

사회 질서 문란자와 전과자, 심지어 문신이 있다는 이유만으로도 사람들을 재판 없이 교육대로 끌고 가는 일이 벌어졌다.

나는 제3군수지원사령부 군수참모부에서 근무하며 삼청교육대의 창설로 갑자기 늘어난 보급 물자를 각 부대로 지원하는 업무를 맡게 되었다.

사병이었지만 나름대로 권한도 있고 바쁜 날들이 이어졌다.

사회가 어수선하고, 나는 업무에 치여 정신없이 지내던 시기였다. 그런 와중에 민우는 나에게 연락도 못 한 채, 결국 가족과 함께 미국으로 이주하게 되었던 것 같다. 그렇게 우리는 자연스럽게 멀어졌고, 민우는 마치 산을 완전히 등진 듯 긴 침묵 속으로 사라졌다.

그리고 지금, 꼭 40년이 지난 오늘. 여기 요세미티에서, 종관을 통해 민우의 소식을 처음 듣게 된 것이었다.

Chapter 6

재회 – 요세미티 밸리

17번 캠프사이트는 써니사이드 캠핑장 중앙에 위치한 커다란 보울더 뒤편에 있었다. 나무가 많지 않은 써니사이드 캠핑장에서는 보기 드물게 숲이 우거진 곳이었고, 그늘이 많아 한낮에도 그리 덥지 않아 명당 자리로 손꼽히는 장소였다.

민우를 만난다는 기대감과 설레는 마음에 16번 캠프를 지날 때 텐트 줄에 걸려 넘어질 뻔하기도 했다. 가까스로 몸을 추스르고 17번 캠프사이트에 도착해 큰 소리로 불렀다.

"민우야!"

텐트 안에는 이미 민우와 종관의 친구들이 들어가 쉬고 있었는지, 내 목소리에 누군가 "누구요?" 하며 헤드랜턴 불빛과 함께 얼굴을 내밀었다.

"여기 뉴욕에서 온 김민우라고 있지요? 서울에서 온 최영국이라 합니다."

그 순간, 텐트에서 익숙하면서도 낯선 얼굴이 모습을 드러냈다. 예전의 샤프한 이미지와는 달리, 얼굴에 살이 붙고 머리카락이 많이 빠진, 중년의 모습이었다. 몸매는 여전히 단단해 보였지만, 그 옛날 민우의 모습은 찾아보기 어려웠다.

민우는 내 얼굴을 헤드랜턴으로 비추며 조심스럽게 말했다.

"여…엉…구…가?"

"그래, 민우야! 나 영국이야! 어제 헤어진 것 같은데, 벌써 40년이 흘렀네."

나는 민우를 부둥켜안으니 눈물이 핑 돌았다.

"어떻게 지냈어? 식구들은 모두 다 잘 있고? 너 내가 군대 있을 때 아무 말 없이 미국에 가서, 정말 섭섭했어. 많이 보고 싶었고…. 그리고 어떻게 이렇게 오랫동안 아무 소식 없이 지낼 수가 있어?"

민우는 조용히 말했다.

"미안해…, 영국아."

시간은 늦었고, 어두운 캠프에선 깊은 대화를 나누기 어려웠다. 나는 주변을 둘러보다 종관의 동료들에게 인사를 건넸다.

"종관 씨가 우리 캠프에 있어요. 주차장 입구 쪽 2번 사이트입니다. 저는 한국반트클럽 최영국이라고 합니다, 민우의 오래전 친구입니다. 1987년에 이종관 씨, 뉴욕산악회 박병원 선배랑 요세미티에서 같이 등반한 적도 있어요."

수염이 덥수룩한 청년이 대답했다.

"아, 그러세요? 그럼 저희보다 한참 선배시네요. 저는 종관이 형 후배 김정수라고 하고, 여긴 LA에서 온 제 친구 제이슨이에요."

"반갑습니다. 민우 소식을 40년 만에 듣고 이렇게 찾아왔어요. 등반하고 피곤하시겠지만, 저희 캠프로 함께 가시죠. 서울에서 가져온 소주도 있습니다."

그렇게 우리는 2번 캠프사이트로 함께 이동했다. 모닥불을 중심으로 둥글게 둘러앉아 소주잔을 기울이며 이런저런 이야기를 나누었다.

헤드랜턴 불빛 아래에서는 민우와 깊은 대화를 나누기 어려웠지만, 그의 손을 꼭 붙잡고 눈빛으로 마음을 전했다.

이곳 써니사이드 캠핑장의 규정은 밤 10시가 넘으면 아주 조용히 있어야 한다는 것이다. 이미 11시가 넘어섰고 다른 캠프사이트에서 야영하고 있는 사람들의 잠을 방해할 것 같아, 내일 아침에 다시 만나기로 하고 우리는 각자의 텐트로 돌아갔다.

새벽 어스름이 걷힐 무렵, 나는 민우가 머물고 있는 캠프사이트로 가서 나무 식탁에 앉아 가스버너를 켜 커피를 끓이기 시작했다. 가스버너 소리에 텐트 문이 열리고 종관이 주섬주섬 나왔다.

"형님, 피곤하실 텐데 일찍 일어나셨네요!"

"아, 예! 잘 잤어요?"

민우와 종관의 후배들도 텐트에서 나와 탁자에 둘러앉고 커피를 마시기 시작했다.

"종관 씨, 아침 식사는 우리랑 같이 해요!"

"아니에요. 어제도 얻어먹었는데 형님네 식구들도 적지 않잖아요. 그렇다고 다 부를 수도 없고…. 그냥 형님만 여기서 함께 드시죠."

"글쎄 그럴까…. 그래, 그게 더 나을 것 같네요. 그럼 내가 우리 텐트에 갔다가 다시 올게요."

나는 민우를 바라보며 말했다.

"민우야, 우리 팀은 오늘 존 뮤어 트레일 하러 아침 식사 후에 출발해야 돼. 너무 오랜만에 만나서 무슨 말부터 해야 할지 모르겠지만, 하여튼 시간 되는 대로 얘기하자. 너 괜찮으면 지금 우리 캠프에 같이 갔다 오자."

텐트에 돌아와 침낭을 접고 배낭을 다 싸놓은 후, 나는 동민에게 말했다.

"동민아, 나는 오늘 아침은 저쪽에서 먹고 올게. 네가 아침 먹고 대원들 짐 좀 체크해서 필요 없는 건 대충 다 정리하고 출발 준비 좀 시켜줘."

"알았어. 옛날 친구 오랜만에 만나서 할 말도 많겠지만…. 오늘 걷는 거리가 만만치 않지 않아? 너무 늦지 않게 와. 그래도 네가 대장인데 출발 전에 전체적으로 한번 점검하는 게 좋지 않겠어?"

"알았어. 아침 먹고 바로 올게. 하여튼 좀 부탁할게."

그리고 동민의 아내 하은 엄마에게도 말했다.

"오늘 아침은 무거운 것부터 먼저 대충 다 먹어야 돼요. 야채나 과일 같은 것도 전부 먹어야 하고…. 어차피 누가 메고 가지 못하니까."

"알았어요, 영국 씨! 하지만 오렌지 같은 건 전부 하나씩 나눠주려고요. 여기서 먹든지 배낭에 넣고 가서 나중에 먹든지 각자 알아서 하라고 할게요."

"그럼 되겠네요. 아침부터 수고 좀 하셔야 되겠네요."

민우네 캠프로 돌아가니 종관의 후배들이 아침 준비를 하느라 부산했다.

나무 식탁에 앉아 민우에게 말을 걸었다.

"그래, 지금 어디서 살고 있니?"

"뉴저지에 살아."

"그래, 정선 씨랑 은서도 다 잘 있고?"

"어, 다들 잘 지내."

"은서 밑으로 애는 더 낳지 않았어?"

"아니, 은서 하나뿐이야. 너도 결혼했지?"

"그럼. 나도 군대 제대하고 결혼해서 딸 하나 있어. 이름은 리나야. 우리 애도 미시간대학교에서 공부했어. 애가 대학 다닐 땐 미국에 자주 왔었고, 시카고나 애 학교가 있는 앤아버에 주로 있었지만…. 너 사는 뉴욕에도 몇 번 갔었어. 회사 일로 겸사겸사

해서…."

"그랬구나. 연락을 하고 살았으면 그때 만날 수도 있었을 텐데…."

"그랬겠지. 그런데 민우야, 이제 나이 든 티가 나는구나? 그 전 모습은 별로 없어진 것 같아. 길에서 만나면 못 알아볼 뻔했어."

"어, 머리숱이 많이 빠져서 그래. 너는 주름만 있지 예전 모습 그대로야."

"뭐가 그대로니. 다 늙어서 힘도 없고, 는 건 주름뿐인데…."

나는 이마에 깊게 생긴 주름을 손가락으로 문지르며 웃었다.

"그동안 어떻게 살았어?"

"처음 미국 와서는 이것저것 닥치는 대로 했지. 세탁소 오래 했고, 그로서리 마켓에서도 일했어. 지금은 실내건축과 인테리어 관련된 일을 해. 주로 화장실이나 부엌에 타일 붙이고, 세면기나 욕조 같은 거 설치하는 일이야. 너는?"

"나는 군대 제대하고 바로 대우에 입사해서 25년 가까이 일하다가 관두고 지금은 여행사 해. 10년 가까이 됐나…. 처음엔 좀 됐는데 지금은 별로야. 이제 조만간 정리하고 은퇴할 생각이야."

"정선 씨랑은 잘 지내고?"

"그냥 그렇지 뭐. 은서 엄마는 예전에 나랑 같이 세탁소 하다가 지금은 뉴저지에 있는 주얼리 숍에서 일해. 일본어랑 영어, 한국어 모두 다 하니까, 거기 매니저야. 은서는 뉴욕의 비주얼

아트 학교 졸업하고 지금은 보스턴에서 광고 회사 다녀.”

종관이 식사 준비가 다 됐다고 밥을 먹자고 한다.

“형님, 차린 거 별거 없어요. 산에 오면 이렇게 먹으니까요.”

김이 모락모락 나는 흰쌀밥에 즉석 우거짓국, 마른반찬 몇 가지와 김치가 놓여 있었다.

“형님 오셨다고 얘가 계란프라이도 했어요!”

종관이 제이슨을 바라보며 웃었다. 나는 감탄하며 말했다.

“어이구, 미국에 와서, 그것도 산에서 이 정도면 진수성찬이네. 자, 다 같이 드십시다.”

제이슨은 누룽지에 눌어붙은 코펠에 물을 부어 숭늉까지 끓여 주었다.

아침 식사를 마친 후, 나는 민우에게 말했다.

“민우야, 우리 대원들이 기다려서 가봐야 돼. 오늘 존 뮤어 트레일 시작해서 하프 돔 거쳐 도나휴 패스 가까이 가야 하거든. 갈 길이 아주 멀어.”

나는 민우의 수첩에 회사 주소, 핸드폰 번호, 이메일을 적어주고, 종이 한 장을 찢어 민우의 집 주소와 연락처를 받아 적었다.

“이제는 서로 연락하며 지내자. 하고 싶은 말이 너무 많은데, 오늘은 어쩔 수 없네.”

내가 일어서자 종관도 함께 일어났다.

“형님들에게 인사하러 같이 갈게요.”

우리 캠프에 돌아오니 식사를 마친 일행들이 텐트를 걷고 있었다.

"현이 형, 영수 형, 식사는 잘하셨어요?"

"그래, 너도 밥은 먹었니? 시간이 더 있었으면 하루이틀 더 있다가 가면 좋을 텐데…. 이제 만났으니 다음에 다시 연락하고 살면 되지."라고 현이 형님이 대답을 하셨다.

"영국아, 너도 출발 준비해야지." 영수 형도 여쭤보신다.

"아, 형. 저는 아까 갔다 오기 전에 배낭 다 싸놨어요. 이제 다른 사람들 짐 정리하는 거랑 곰통에 식량 넣는 것만 도와주면 돼요."

나는 다른 사람들의 배낭을 싸는 걸 도우며 식량을 곰통에 정리했다. 종관과 그의 후배들도 쓰레기를 줍고 모닥불 자리를 정리하며 우리의 출발을 도왔다.

"드디어 존 뮤어를 향해 출발하네요. 오늘 좀 늦었으니 스타트 지점인 해피 아일스까지는 버스 타고 가는 게 좋겠어요!"

우리는 배낭을 짊어지고 순환버스 정류장으로 향했다. 모두들 배낭끈을 조절하며, 마운틴 스틱을 쥐고 흥분한 표정으로 따라 걸었다.

민우와 종관네 팀도 버스 정류장까지 따라와 인사를 건넸다.

"조심해서 산행하세요."

현이 형이 먼저 악수하며 말했다.

"그래, 다들 조심하고 다음에 기회 되면 또 보자."

나도 종관과 그의 후배들과 악수하고 민우의 손을 꼭 잡았다.

"민우야, 이번에 못다 한 이야기, 다음에 만나서 하자. 등반 조심하고, 잘 살아. 정선 씨한테도 안부 전해주고…. 내가 서울 가서 다시 연락할게."

민우는 조용히 고개를 끄덕이며 나를 바라보았다. 우리를 둘러싼 아침 공기엔 아직 이슬이 남아 있었고, 햇살은 천천히 숲 사이로 스며들고 있었다.

이제 우리의 길은 다시 갈라졌지만, 마음 깊은 곳엔 다시 이어진 인연의 끈이 단단히 자리 잡고 있었다.

순환버스를 타면서 민우에게 손을 흔드니 이홍식 선생님이 옆에 오셔서 "최 대장 섭섭하겠어."라고 말씀하신다.

순환버스는 요세미티 밸리를 한 바퀴 돌아 해피 아일스에 도착했다. 김강회가 "자, 학교 출석 사진 찍읍시다!" 하며 카메라를 들고 구도를 잡는다.

우리 팀 모두는 해피 아일스 입간판 앞에 늘어서서 출석 사진을 찍었다.

"자, 이제 고생길이 훤하네! 시작도 하기 전에 배낭이 어깨를 찍어 누르는구먼."

현이 형이 툴툴거리며 말한다.

"자, 최 대장 너무 빨리 걷지 말어! 처음에는 컨디션 조절해야 되니까…."

동민이가 거든다.

"걱정 마! 트레킹은 첫날 한두 시간이 제일 힘드니까, 템포 맞춰서 천천히 걸을게. 네가 후미에서 잘 따라와, 너무 늘어지진 말고…. 자, 1시간 걷고 10분 쉬기로 하자."

아스팔트 길을 벗어나 숲길로 들어서며 걷기 시작했다. 이곳에서 투얼룸 메도우까지는 식량과 텐트를 모두 메고 가야 했기 때문에 모두들 힘이 들 것이라 예상했다.

짐을 줄이고 줄여 한 사람당 약 15kg 정도로 맞췄지만, 평소 4~5kg 정도의 배낭을 메고 다니는 걸 생각하면 결코 가벼운 무게가 아니었다. 더군다나 트레킹 첫날과 이튿날은 가장 힘든 시기다. 손발도 아직 맞지 않고, 배낭 무게에 익숙하지도 않기 때문이다.

Chapter 7

환희 – 존 뮤어 트레일

Day 1

해피 아일스에서 도나휴 패스까지
—길이 시작되는 곳

요세미티 밸리와 존 뮤어 트레일, 그 이름만으로도 가슴 한구
석이 조용히 떨렸다.

햇살은 새벽안개를 뚫고, 미스트 트레일 너머로 부서지듯 스
며들었다. 그 빛줄기는 마치 오래된 기억을 깨우듯 땅 위로 조용
히 내려앉았고, 멀리 버널 폭포에서는 우렁찬 물소리가 흩날리
는 물보라와 함께 울려 퍼졌다. 물방울들이 햇빛을 받아 작은 무
지개를 그리며 공중에 머물렀다. 그 사이로 우리는 조용히 걸어
들어갔다.

존 뮤어 트레일 숲길

배낭은 아직 몸에 어색했고, 발걸음엔 긴장과 설렘이 뒤섞여 있었다. 우리는 서로의 눈을 마주치며 웃으려 애썼지만, 그 웃음 속에는 아직 이름 붙일 수 없는 두려움이 고요히 숨 쉬고 있었다.

미스트 트레일에 접어드니 귓가에 스며든 것은 거센 폭포 소리만이 아니었다. 그건 마치 어떤 세상의 울림처럼, 땅과 하늘, 바위와 나무, 이 모든 것들이 함께 부르는 생명의 합창 같았다. 때로는 숲의 그늘 아래에서, 때로는 햇살이 스며든 바위 턱 위에서, 그 소리는 우리를 감싸안았다.

젖은 나무 냄새, 이끼 낀 바위의 냄새, 땀과 흙이 뒤섞인 트레킹화의 냄새가 그 소리에 실려 몸 안으로 들어왔다. 마치 우리가 다시 자연 속의 동물로 돌아간 듯한, 원시적인 평온이 조금씩 되살아났다.

미스트 트레일을 오르는 내내 물소리는 귓속을 울렸다. 때로는 나무와 바위 사이를 비집고 흘러내렸고, 때로는 정면에서 는개처럼 쏟아지며 우리를 적셨다.

몸은 젖었고 숨은 가빠졌지만, 마음은 묘하게 평온했다. 흙냄새, 젖은 나무 냄새, 거센 숨결 사이로 번지는 삶의 냄새들이 우리를 다시 자연 속의 동물로 되돌려주고 있었다.

네바다 폭포 위로 올라서자 시야가 순식간에 트였다. 그곳은 마치 시간을 잃어버린 공간 같았다. 바람은 차가웠고, 하늘은 터질 듯 새파랬으며, 발아래 요세미티 밸리의 울창한 녹음은 짙푸르게 출렁이고 있었다.

그 풍경 앞에서 우리는, 누가 먼저라고 할 것도 없이 발걸음을 멈췄다. 아무 말도 없이 서서, 그저 풍경을 바라보았다. 말로 할 수 있는 것들은 그 풍경 바깥으로 밀려났고, 말로 할 수 없는 것들만이 우리 안에 머물렀다.

그 순간, 세상의 모든 소음이 가라앉고, 대신 눈앞의 고요가 속삭이기 시작했다. '이제, 진짜 길이 시작된다고.'

고요는 곧 고행으로 바뀌었다. 산책 같던 오르막은 어느새 침묵의 수행이 되었고, 트레일은 점점 가팔라졌으며, 발끝은 돌 위에서 묵직하게 미끄러졌다. 산책 같은 오르막이 언젠가부터는 침묵의 고행이 되었다.

숲은 점점 자작나무와 소나무로 바뀌었고, 바람은 차가워졌다.

머세드강으로 흐르는 계곡물을 따라 걷다 보니 어느새 네바다 폭포 전망대에 도착했다. 존 뮤어 트레일은 환경 보호 운동의 발상지인 시에라네바다 산맥의 대표적인 트레일답게 등산로가 아주 잘 정비되어 있었다.

고갯길도 한국처럼 깔딱고개가 아닌, 꾸준히 갈지자로 올라가는 구조라 어느새 고갯마루에 도착하게 되었다. 전망대에서 뒤따라오는 일행을 기다리니 얼마 지나지 않아 모두 도착했다.

네바다 폭포에서 휘날리는 물보라가 얼굴을 때리며 한낮의 더위를 식혀준다.

계속해서 강물 같은 머세드 계곡을 따라 올라가니, 작은 호수를 품은 넓은 분지인 리틀 요세미티가 나타났다. 나무 그늘 아래 앉아 숨을 고르며 서로의 얼굴을 바라봤다. 아직은 지칠 만큼 걷지는 않았지만, 여정의 무게가 어깨 너머로 슬그머니 다가오고 있었다.

클라우드 레스트 쪽 능선을 따라 해가 기울기 시작할 때, 숲은 깊어졌고 발걸음은 느려졌다. 일행 중 누구도 말이 없었다. 말은 풍경을 훼방하는 듯했고, 침묵은 그 자체로 하나의 언어가 되었다.

한낮의 더위와 산행 첫날의 부담감에 모두가 지쳐 보였다. 신발을 벗고 배낭을 베고 누우니 산들바람에 눈이 스르르 감긴다. 잠깐 눈을 붙였나 보다.

영수 형이 올라오시며 말했다.

"누구는 죽을 똥 싸고 올라왔는데, 애는 아주 천하태평이구먼!"

"아, 형님 올라오셨어요? 오늘 첫날이라 힘드셨죠. 고생하셨습니다. 여기서 점심 먹어야겠네요."

"그래야겠구먼."

1명, 2명, 이어서 현이 형도 도착했다.

"최 대장! 너 살살 걷는다며 왜 이렇게 빼는 거야?"

"형, 저도 도착한 지 얼마 안 됐어요. 여기서 점심 먹고 좀 쉬었다 갈까 해요."

"그래, 다들 힘든 것 같구나."

이곳에서 하은 엄마가 준비한 샌드위치를 꺼내 먹기로 하고, 다들 배낭을 벗고 나무 그늘 아래 편평한 자리에 자리를 잡았다.

허겁지겁 먹는 식사였지만, 모든 게 맛있었다. 물 한 모금, 샌드위치 한 쪽, 견과류 한 줌, 입안에서 부서지는 에너지바 하나까지도.

점심을 먹고 난 후, 나는 말했다.

"여기서부터 당분간 물이 없으니까, 다들 수통에 물 가득 채우세요."

"휴대용 정수기로 필터링할까? 물은 맑아 보이긴 하는데…."

영수 형이 묻는다.

"보기엔 깨끗해 보여도, 레인저 사무실에서 말한 대로 필터링하는 게 좋아요."

"알겠습니다, 대장님."

영수 형이 대답하고는 카타딘 정수기를 꺼내 물을 정수하기 시작했다.

존 뮤어 트레일은 셀 수도 없이 많은 호수가 있어 그다지 물에 대한 걱정은 없지만, 가급적이면 휴대용 정수기나 소독약을 사용해 물을 마시라고 권장된다.

다시 배낭을 메고 오르막길을 따라 한참을 걸으니, 존 뮤어 트레일과 하프 돔으로 향하는 갈림길에 도착했다.

"여기서 이쪽으로 가면 하프 돔에 올라가는 길이에요. 올라갔다가 다시 내려와야 하니까 배낭은 이곳에 두고 맨몸으로 다녀오면 돼요."

현이 형이 말했다.

"최 대장, 여기서 얼마나 걸려?"

"글쎄요, 우리 실력으로는 왕복 3시간 이상 걸릴 거예요."

"그럼 난 여기서 배낭 지키고 있을게. 다녀와."

"형, 배낭은 안 지켜도 돼요. 그냥 모아 두고 갔다 오면 문제없어요."

"아냐, 난 여기서 쉬고 있을래. 자, 다들 다녀오세요."

나는 앞장서서 말했다.

"그럼 올라가실 분만 저를 따라오세요."

요세미티를 대표하는 봉우리 하프 돔은 거대한 바위를 반으로 자른 듯한 인상적인 모습으로, 미국의 자연을 상징하는 사진 책에 빠지지 않고 등장한다.

능선을 따라 이어지는 등산로는 먼저 전위봉으로 향했다. 이 오르막도 결코 만만치 않았다. 전위봉 정상에 올라서자 많은 트레커들이 하프 돔을 바라보며 휴식을 취하고 있었다.

"저기 올라가는 건 거의 암벽등반 수준이네요."

김강회가 말했다.

"나도 고소공포증이 있어서 여기까지만 하고 기다릴게요."

하프 돔에 접어들자 경사는 더욱 급해지고, 정상까지는 양쪽에 설치된 쇠줄을 붙잡고 올라가야 했다. 한낮의 햇살에 달궈진 바위 표면은 뜨거웠고, 고도가 높아져 숨이 가빠지고 어지러울 정도였다.

"쇠줄 꼭 붙잡고 잘 따라오세요. 지금 고도는 2,600m가 넘어요. 고소증세 느끼는 사람도 있을 수 있어요."

가민 내비게이션을 보니 해발 2,600m를 넘어섰다.

"자, 조금만 더 힘내요. 고지가 바로 저기예요."

드디어 정상에 도착하니, 숲과 바위가 어우러진 요세미티 밸리가 저 아래로 한눈에 들어왔다. 축구장 3~4배 크기의 하프 돔 정상에서 절벽 끝으로 걸어가며 말했다.

"제가 87년도에 처음 이곳에 왔을 때, 하프 돔 다이렉트 노스웨스트 코스를 등반했어요. 올라가는 데만 3일 걸렸죠. 그땐 이 절벽 어딘가로 도착해서 여기서 비바크하고, 다음 날 내려갔는데 정말 장난 아니었어요!"

"자, 오늘 갈 길이 멀고 아래서 기다리는 사람도 있으니까 5분만 더 있다가 출발합시다."

하프 돔을 내려와 다시 배낭을 메고 현이 형이 기다리는 곳까지 빠르게 내려왔다. 오늘 올라온 길은 일반 트레일들로 다소 복잡했지만, 이제부터는 고요하게 우리 팀만의 산행을 즐길 수 있었다.

소나무 숲 사이로 이어지는 길은 네팔 랑탕 계곡의 고사인쿤드로 향하는 트레일을 떠올리게 했다. 숲길이 끝나고 고개를 넘으니 야생화가 만발한 초원이 이어졌고, 존 뮤어 트레일은 다시 고요한 숲으로 연결되었다.

우리가 어디쯤인지, 오늘의 캠프까지 얼마나 남았는지 가늠할수 없었지만, 그래도 계속 걷는 수밖에 없었다.

찌는듯하던 더위는 사그라들고, 길게만 느껴졌던 여름 해가 뉘엿뉘엿 저물기 시작했다. 뒤따르는 사람들의 발소리가 들리지 않는 걸 보니 후미와 거리가 좀 벌어진 듯했다.

　이제 물이 있는 적당한 캠프사이트를 찾아야겠다고 생각했다. 저 멀리 도나휴 패스가 보였고, 잔설이 녹아 만든 시냇물이 졸졸 흐르는 근처에서 야영지를 골랐다.

　개울가 옆 비교적 평평한 지형이고, 텐트를 다 설치할 수는 없었지만 배낭을 내려놓기에 적당한 장소였다. 드디어 오늘 하루의 긴 여정이 끝났다. 하루의 끝자락에서 마주한 이곳은, 누군가 조용히 준비해 둔 쉼터처럼 느껴졌다.

　맑게 흐르는 개울물에 땀에 찌든 얼굴을 씻고 머리를 감으니 후미가 하나둘 도착하기 시작했다.

　"고생하셨습니다. 오늘은 이곳에서 야영할 거예요."

　텐트를 네 동이나 설치해야 했기 때문에, 개울가 근처에 두 동, 약간 위쪽 공터에 두 동을 따로 설치했다.

　우리는 텐트를 치고, 각자의 자리를 만들고, 조심스럽게 저녁을 준비했다. 바람은 약간 차가웠고, 햇살은 금방 사라졌다.

　배낭과 텐트를 정비하고 저녁 준비에 필요한 식량과 코펠을 꺼내 놓았다. 버너를 꺼내 물을 끓일 준비를 한다. 투얼룸 메도우에 보관시킨 식량을 찾기 전까지는, 식사는 군용 전투식량처럼 만든 즉석 건조밥이나 라면으로 계획했다. 즉석 건조밥은 카레덮밥, 고추장비빔밥, 소고기비빔밥, 육개장 등 구미에 맞게 여러 종류를 준비해 놓았다.

물만 끓여 포장을 뜯은 즉석 건조밥에 넣고 10분 정도 기다린다. 따로 준비한 건조 된장국에는 뜨거운 물만 부으면 저녁 식사준비 끝이다.

작은 바람이 이따금 텐트를 스치고 지나갔고, 금빛 햇살은 산능선 너머로 천천히 사라졌다.

트레킹 첫날이라 배낭 무게도 만만치 않았고, 산행 거리도 짧지 않아 저녁을 먹자마자 모두들 텐트로 들어갔다. 밤이 찾아오자 텐트 안에서 하나둘씩 헤드랜턴 불빛이 꺼지고, 곧 코 고는 소리가 들려왔다. 모두 정말 피곤했던 모양이다. 하지만 나는 첫날의 피로가 온몸을 짓눌렀어도, 이상하게 잠은 쉽게 오지 않았다.

텐트 밖 하늘은 상상보다 훨씬 넓었고, 별들은 놀랍도록 가까웠다. 아무 소리 없는 밤, 풀벌레 소리와 함께 낯선 평온이 밀려왔다. 그리고 문득 떠오른 이름—중옥 형.

그가 처음 들려주었던 존 뮤어 트레일 이야기. 언젠가 꼭 걸어보라고 했던, 그 말. 그리고 지금, 나는 그 길 위에 있었다.

깊은 밤. 풀벌레 소리와 함께 낯선 평온이 다가왔다. 이제 첫걸음을 떼었을 뿐이지만, 마음은 이미 무언가로 채워지고 있었다. 그건 그리움일까, 후회일까, 아니면 아직 다 쓰지 못한 어떤 편지의 초입이었을까.

도나휴 아래 캠프에서
선라이즈 하이 시에라 캠프까지

—천상의 화원

다음 날 아침, 해가 산마루 위로 조심스레 얼굴을 내밀기 전, 우리는 먼저 일어났다. 차가운 공기 속에서 숨을 내쉴 때마다 흰 입김이 허공에 머물렀다 사라졌다.

전날 저녁, 텐트에서 약 30m 떨어진 곳에 두었던 곰통을 찾으러 갔다. 존 뮤어 트레일에서는 야생 동물, 특히 곰의 접근을 막기 위해 식량을 반드시 곰통에 보관하고, 텐트에서 멀리 떨어진 곳에 두는 것이 원칙이다.

곰통은 마치 작고 단단한 우주선 몸통처럼 생긴 플라스틱 통이다. 곰이 앞발로 두드려도, 물어뜯어도 열리지 않게 설계되어 있다. 자연과의 경계, 그러나 동시에 공존의 상징처럼 느껴졌다.

아침 식사는 역시 라면이었다. 익숙하고 단순한 음식이었지만, 그 안에 어떤 안도감이 있었다. 다른 반찬이 없어도 맛있게 먹을 수 있다는, 쉽게 조리할 수 있다는, 나름 적당한 칼로리가

있다는, 무엇보다 무겁지 않다는 안도감…. 따뜻한 흰쌀밥에, 국물에, 여러 가지 반찬과 함께 먹으면 더할 나위 없이 좋겠지만 그것을 준비해서 걸을 수는 없다. 우리의 어깨가 그 모든 무게를 감당할 수 없으니까….

모닥불 대신 버너에 올린 작은 냄비, 호숫가에서 밤새 차가워진 물을 떠 와 라면을 끓이기 시작했다. 얼어붙기 전의 차가운 물로 천천히 끓인 라면. 뜨거운 라면 국물을 입에 머금는 순간, 어제의 피로가 서서히 풀리는 듯했다.

밤새 얼어붙은 물병을 손바닥으로 녹이면서, 우리는 조심스레 둘째 날을 준비했다. 피곤한 몸을 일으켜 세우는 일, 식은 음식을 목구멍으로 넘기는 일, 텐트를 접고 다시 무거운 배낭을 메는 일.

하나하나가 쉽지 않았지만, 그 낯섦이 조금씩 익숙함으로 변해가고 있었다. 몸의 관절들이 다시 기억해 내는 듯했다. 이 길이, 이 리듬이, 우리가 걷던 방식이었다는 것을.

도나휴 패스로 올라가는 길은 생각보다 조용했다. 숲은 말이 없었다. 바람도, 하늘도, 길 위의 바위도 고요했다. 서로 말이 없었다. 우리가 나눈 것은 오직 숨소리와 발소리. 그 소리들만이 우리가 존재하고 있다는 작은 증표가 되어주었다. 그 침묵 속에서 우리는 하나의 무언가가 되었다. 각자 다른 이야기를 지닌 일곱 개의 그림자가, 한 줄기 바람처럼 이어져 걸어갔다.

고도가 높아지자 공기가 달라졌다. 숨이 얕아졌고, 마음은 오히려 더 깊어졌다. 나무들은 점점 작아졌고, 숲은 풀숲으로, 풀숲은 헐벗은 바위 지대로 바뀌었다. 그 변화는 마치 우리가 현실에서 점점 멀어져 간다는 신호처럼 느껴졌다.

하늘은 가까워졌고, 빛은 투명해졌다. 잔설은 그림자 속에서 하얗게 남아 있었고, 공기는 정적처럼 맑았다.

우리는 말없이 걸었다. 누구도 말하지 않았지만, 각자의 머릿속에선 셀 수 없이 많은 문장이 흘러갔다. 저마다의 기억을 등에 지고, 누군가는 과거와, 누군가는 꿈과 대화하듯, 조용히 앞으로 나아갔다.

도나휴 패스의 고개에 다다랐을 때, 우리는 동시에 걸음을 멈췄다. 숨을 고르고, 천천히 고개를 들었다. 등 뒤로는 요세미티의 푸르른 품이 멀어지고 있었고, 앞으로는 낯선 곡선과 빛의 풍경이 펼쳐지고 있었다. 투얼룸 메도우의 부드러운 언덕 선이 마치 잊고 있던 어린 시절의 마음을 닮아 있었다.

바람은 등 뒤를 스쳤고, 햇살은 정수리 위로 내려앉았다. 그 순간, 말 없는 눈빛이 오갔다. 짧은 눈짓 하나에도 긴말이 실렸다.

"잘 왔다."

"우리, 이제 진짜 시작이야."

고개를 넘자 바람이 달라졌다. 숨쉬기가 훨씬 수월해졌고, 공기에는 다시 풀이 자라는 냄새가 섞여 있었다.

트레일은 완만해졌고, 양옆으로 작은 야생화들이 흐드러지게 피어 있었다. 하얗고 노란 꽃들 사이로, 갑작스레 나타나는 마멋들이 장난처럼 얼굴을 내밀었다.

가끔씩은 길 한가운데 턱 하니 앉아 우리를 바라보다, 휙 몸을 틀고 사라졌다. 그 모든 장면이 마치 오래된 꿈속 풍경처럼 느껴졌다.

산이, 우리를 반겨주는 걸까. 아니면, 이제야 우리가 진짜 산악인처럼 보이는 걸까. 길 위에선 늘 질문이 먼저 떠오르고, 대답은 천천히, 아주 천천히 온다.

윤석의 말이 떠올랐다.

"형, 자연은 사람한테 아무 말도 안 해. 근데 가만히 듣고 있으면, 그 침묵이 더 크게 말을 걸어오는 것 같아."

맞는 말이었다. 여기선 바위가, 호수가, 바람이, 때로는 그늘 한 점이, 말보다 더 깊은 언어로 우리에게 말을 걸었다.

길은 점점 더 고요해졌고, 태양은 하루를 길게 늘어뜨렸다.

늦은 오후, 해가 길게 그림자를 늘일 무렵 우리는 선라이즈 하이 시에라 캠프에 도착했다. 넓은 초원이 부드럽게 펼쳐져 있었고, 하늘은 구름 한 점 없이 맑았다.

멀리서 캐서드럴 봉우리가 석양 노을에 붉게 물들고 있었고, 바위 너머로는 노란빛 노을이 천천히 깔리고 있었다.

야영지 주변엔 키 큰 소나무들이 듬성듬성 서 있었고, 바람이 그 사이를 조용히 지나갔다.

그곳은 말할 수 없이 고요했다. 호수는 마치 숨을 참고 있는 것 같았고, 바람은 수면 위를 부드럽게 쓸며 지나갔다.

호숫가엔 부드러운 흙 옆으로 풀밭이, 야생화 꽃밭이 펼쳐져 있었고, 그 너머엔 나무들이 조용히 서 있었다. 마치 천상의 화원 같았다.

그림자가 드리워진 숲 가장자리, 그곳에 텐트를 쳤다.

오늘 하루가 무사히 지나갔다는 안도감, 그리고 이제부터 이어질 수많은 밤들 중 첫 번째 '진짜 밤'이라는 실감이 겹쳤다.

저녁을 먹으며 하늘을 올려다봤다. 산등성이엔 붉은 노을이 천천히 번져 있었고, 호수는 그 빛을 고스란히 끌어안았다.

누군가 "진짜 좋다." 하고 나직이 말했지만, 그 말조차 이 풍경 앞에선 작게 느껴졌다. 굳이 말하지 않아도 알 수 있는 것들. 이 풍경은 이미 우리 마음 안쪽에서 오래도록 울리고 있었다.

밤은 금세 찾아왔고, 별들은 하나둘 눈을 떴다. 조금 춥고, 조금 피곤했지만 마음만큼은 오랜만에 따뜻했다.

그날 밤, 나는 잠들기 전 조용히 민우의 이름을 불러봤다. 누구에게도 들리지 않게, 혼자 중얼거리듯 그렇게—구름 아래, 이 조그만 호숫가에서.

그도 써니사이드 캠핑장에서 이 하늘을 보고 있을까. 아니, 오늘쯤에는 엘 캐피탄에 매달려 포탈 렛지 안에서 하늘을 바라볼까? 아니면, 이미 저 별들 사이로 들어간 걸까?

나는 조용히 눈을 감았다. 바람이 불었다. 풀벌레가 울었다. 산은 아무 말도 하지 않았지만, 그 침묵이 오늘 하루를 다 말해주는 것 같았다.

선라이즈 하이 시에라 캠프에서
캐서드럴 레이크까지
—바람이 잠든 호수

선라이즈 하이 시에라 캠프는 이름처럼 햇살이 먼저 스며드는 곳이었다. 텐트 밖으로 나선 순간, 희미하게 퍼지던 황금빛이 나무 사이를 타고 흐르고 있었다. 밤새 바람 한 점 없이 잠든 수면은, 마치 세상의 모든 기억을 품은 거울처럼 잔잔했다.

아무것도 움직이지 않은 새벽의 적막. 그 적막이 도리어 '살아 있음'이라는 걸 더 강하게 증명해 주는 듯했다.

세상은 너무도 조용했지만, 우리는 분명히 존재하고 있었다. 그 존재는 몸으로 기억되는 무게, 숨소리, 심장의 박동으로 느껴졌다.

텐트의 지퍼를 열며 나는 문득, '이건 문을 여는 게 아니라, 오늘이라는 새로운 세계로 들어가는 문을 연다.'라는 느낌을 받았다. 마치 비행기 트랩을 내려 낯선 세상으로 들어갈 때와 같이….

호수의 새벽 공기는 말갛고 선선했다. 무겁지도, 가볍지도 않은 그 공기는 뺨을 스치며 몸 안 깊은 곳으로 천천히 스며들었고, 우리가 지금 이곳에 살아 있다는 단순한 사실을 조용히 상기시켜 주었다.

바람도, 새소리도, 사람의 말소리도, 모두 적당한 거리를 두고 우리를 지켜보는 듯했다.

아침 식사는 여전히 간단했지만, 우리의 마음은 어제보다 더 단단해져 있었다. 전날보다 무거운 다리, 아직 익숙지 않은 어깨를 짓누르는 배낭의 압박, 그럼에도 불구하고 누구 하나 짜증을 내지도, 불평을 하지도 않았다. 말없이 손을 움직이며 짐을 정리하고, 스토브에 불을 붙이고, 수통에 넣을 물을 끓였다.

몸은 피곤했지만, 마음 어딘가는 묘한 평온이 깃들어 있었다. 이 길은 단지 걷는 길이 아니었다. 우리 안의 무언가가 조금씩 사라지거나, 혹은 다시 태어나는 길이었다.

아일랜드 패스로 향하는 오름길은 조용했고, 우리는 그 침묵 안에서 더욱 또렷한 존재가 되어갔다. 발목을 세우고, 어깨를 당기고, 무릎을 굽히는 방식에, 이제야 진짜 걷는 법을 조금씩 배워가는 것 같았다.

길 위에 널린 바위들, 그 사이로 용케 자라난 풀 한 포기, 무리지어 피어 있는 온갖 야생화들, 바람이 흩뿌리고 간 흙먼지조차도 어디에 놓여야 할지를 알고 있는 듯 정확한 자리에 머물러 있었다.

자연은 마치 하나의 완성된 시(詩) 같았고, 우리는 그 시 안의 작은 쉼표처럼 걸어가고 있었다.

그 순간 나는 문득 민우를 떠올렸다. 그가 이 풍경을 봤다면, 뭐라고 했을까. 지금 나와 함께 이 길을 걷고 있다면…. 침묵 속에서, 그는 과연 어떤 말을 수화로 표현했을까? 산의 숨결, 호수의 투명함, 흙 내음에 실린 이야기들….

어쩌면 그는 누구보다 먼저 이 모든 것을 알아차렸는지도 모른다. 말이 없다고 해서 들을 수 없다고 해서 느끼지 못하는 건 아니니까.

중간중간 만나는 작은 호수들과, 흐드러진 야생화 군락이 길 위의 쉼표가 되어주었다. 수많은 꽃 중 누군가는 이름이 있었고, 누군가는 그저 '오늘 처음 본 꽃'이었지만 모두가 그 자리에서 빛나고 있었다. 아무도 보지 않아도 피어나는 존재의 힘.

고개를 오르며 흘린 땀방울이 이마를 타고 흘렀고 배낭끈이 어깨를 파고들었다. 숨이 가빠 잠시 멈춰서 호흡을 고르니 오늘 점심 먹으며 윤석이 건넸던 말이 떠올랐다.

"자연은 사람한테 말을 안 해. 근데 가만히 듣고 있으면, 그 침묵이 더 큰 소리로 말 걸어와."

그 말처럼, 바위와 호수, 그늘 한 점이 우리에게 무언가를 말하고 있었다.

아일랜드 패스에 도착했을 땐, 세상이 갑자기 다른 결로 다가왔다. 빛은 더 투명했고, 능선은 더 멀고 흐릿했다. 마치 다른 시간 속에 들어온 듯했다. 멀리 내려다보이는 아일랜드 호수, 그 한가운데 떠 있는 섬은 실제보다 더 멀리 느껴졌다. 닿을 수 없는 마음의 조각처럼.

윤석이 다시 말했다.

"형 저 섬, 뭔가 찾고 싶은 마음 같지 않아?"

그 말은 금세 바람 속으로 녹아 사라졌지만, 우리의 마음에는 남아 있었다.

내려가는 길은 조금 너그러워졌다. 우리도 함께 느슨해졌고, 자연과 조금 더 가까워진 듯한 기분이 들었다.

길가에 앉아 숨을 고르는 친구 옆에 말없이 앉아 하늘을 올려다보는 시간들이 이어졌다. 그건 침묵이었지만, 따뜻한 대화이기도 했다.

포인트 레이크가 가까워졌을 무렵, 산등성이 뒤로 해가 기울며 풍경 전체에 금빛이 스며들었다. 하늘도, 바위도, 우리 얼굴도 어딘지 모르게 부드럽고 따뜻한 빛에 감싸였다.

호수는 조용했다. 이름처럼 정확하고, 단단했다. 물은 고요했고, 그 안엔 붉은 노을이 조용히 가라앉고 있었다. 돌 위에 걸터앉은 우리의 그림자는 길게 늘어져 마치 이 풍경의 일부인 듯 조용히 녹아들었다.

저녁을 먹고 나서, 나는 민우가 했던 말을 떠올렸다. 요세미티 밸리에서 수화로 건네던 그 말.

"영국아, 산은 나한테 먼저 말을 걸어줬어.

세상 누구도 나한테 말을 안 걸었는데, 산은…. 그냥 그 자체로 대화가 되더라고."

그 말이 오늘처럼 깊이 마음에 박힌 날은 없었다. 이곳이 그가 사랑한 세상이었겠구나. 아무도 방해하지 않고, 자신을 감추지 않아도 괜찮은 곳. 그저 존재하는 것만으로도 충분한 공간.

별이 떠오르기 시작했다. 산을 더 깊이 들어왔는지 지난밤보다 더 선명하게, 더 가까이 다가오는 별빛이었다. 아니, 어쩌면 우리 눈이 어둠에 익숙해진 것일지도 몰랐다. 그 어둠 속에서 나는, 말로 설명할 수 없는 평화를 느꼈다. 그건 바깥이 아니라, 내 안 어딘가에서 오래 기다리던 감정이었다.

그날 밤, 꿈에서 민우를 만났다. 그는 아무 말 없이 웃고 있었다. 멀리 호수 건너편에서, 두 손을 가볍게 흔들고 있었다. 그 모습이 따뜻하고, 아프고, 몹시 아련했다.

캐서드럴 레이크에서
투얼룸 메도우까지

─새벽 숲길

밤새 캐서드럴 레이크는 단 한 번도 숨을 쉬지 않는 듯 고요했다. 하지만 고요함 속에서도 귀를 기울이면 들리는 것들이 있었다. 물가를 스치고 지나가는 작은 생명들의 발소리, 멀리 능선을 따라 불어오는 바람이 소나무 가지를 흔드는 소리, 그리고 아주 오래전부터 내 안 어딘가에 머물러 있던 민우의 웃음 같은 것.

눈을 떴을 때, 나는 잠시 내가 이곳에 있다는 사실을 잊었다. 이곳이 미국인지, 아니면 도봉산 어귀인지, 지금이 현재인지, 아니면 그날 우리가 처음 만났던 오래전 여름의 한 날인지. 모든 것이 꿈결처럼 겹쳐 보였고, 현실은 늘 그렇듯 너무도 조용하게 나를 일으켜 세웠다.

포인트 호수를 떠날 준비를 하며, 나는 그 옛날 민우와 함께했던 도봉산의 한 장면을 떠올렸다. 그날도 이렇게 서늘한 새벽이었고, 그는 손끝을 털며 말했었다.

세상 밖으로
날아가다

"영국아, 오늘 같은 날은 등반이 아니라 그냥 걸었으면 좋겠어. 걷는 거 자체가 좋은 날이 있잖아."

맞는 말이었다. 오늘은 그런 날이었다. 그저 걷기만 해도 좋을, 말이 필요 없는 날.

산길은 숲으로 들어갔다. 비숍 패스를 넘으며 마주했던 척박한 풍경과는 달리, 이 구간의 숲은 사람을 감싸안은 부드러움을 품고 있었다.

키 큰 나무들은 햇빛을 가리며, 우리 발밑으로 시원한 그림자를 드리웠고, 길은 숨을 고르듯 조용히 이어졌다.

나는 민우가 함께 있었다면 이 숲길을 얼마나 좋아했을까 상상해 봤다. 소리를 못 듣는 대신, 감각을 더 섬세하게 쓰던 그. 바람의 방향을 느끼고, 나뭇잎이 흔들리는 결을 읽던 민우라면 아마 지금쯤 말없이 길옆 풀밭에 앉아 나무의 숨소리를 듣고 있었을 것이다.

중간에 작은 개울을 지나며 발을 담갔다. 얼음장처럼 차가운 물이 피부를 타고 올라오자 정신이 말똥해졌고, 그 순간 민우가 예전 도봉산 계곡에서 손을 씻다 비명을 지르며 소리쳤던 장면이 떠올랐다.

물에 젖은 손으로 수화를 했다.

"영국아! 나 이 손 당분간 못 쓸지도 몰라!"

그러곤 웃으며 두 손을 겨드랑이에 끼고 병아리처럼 폴짝폴짝

뛰던 모습. 그 장면은 내 기억 속에서 늘 슬프지 않게 재생되곤
했다.

민우는 언제나 그렇게, 자신의 불편함―말 못 하는 불편함을
웃음으로 포장하던 사람이었으니까. 그리고 그 웃음은 시간이
지나도 어느 틈에 내 마음 한쪽에서 계속 살아 숨을 쉬고 있었다.

점심 무렵, 작은 전망대처럼 트인 곳에서 잠시 쉬었다. 멀리 매
머드 마운틴의 능선이 굽이쳐 보였고, 그 아래로 우리가 향하고
있는 투얼룸 메도우의 숲이 넓게 펼쳐졌다. 자연이 한 줄의 시처
럼 보일 때가 있다면, 바로 이런 순간일 것이다.

걷는 도중 사탕을 나눠 먹으며 우리는 잠깐씩 웃기도 했지만,
대부분은 조용히 숨을 고르며 멀리 펼쳐진 길을 바라보았다. 그
순간, 문득 이런 생각이 들었다. 우리가 걸어가는 길의 끝은 사
실 길이 아니라, 서로의 기억이 닿는 지점일지도 모른다는 것.

오후가 되어 투얼룸 메도우로 향하는 내리막이 시작됐다. 길
은 다시 숲속으로 파고들었고, 나무 사이로 쏟아지는 빛이 금빛
실처럼 어깨 위를 스쳐 갔다.

이때 동민이 절벽 옆 바위에 앉아, 손가락으로 바위 표면의 선
을 따라가며 이렇게 말했었다.

"영국아 이건 자연이 쓴 필기체 같지 않아?
이 산은 우리가 읽지 못한 오래된 편지 같은걸."

나는 그 말이 진심이었다는 걸, 시간이 많이 흐른 뒤에야 알게

되었다. 그의 감수성과 고요함은, 산이 아니고선 감당할 수 없었던 것인지도 모르겠다.

투얼룸 메도우에 도착했을 즈음, 하늘은 부드럽게 붉어졌고, 들판에는 잔잔한 바람이 불었다. 텐트를 치고, 식사를 준비하고, 긴 하루의 먼지를 씻어내려고 얼굴과 발을 씻고 누군가는 피곤에 지쳐 일찍 텐트로 들어갔다. 누군가는 별이 뜨기를 기다리며 조용히 하늘을 올려다봤다.

나는 그저 앉아 있었다. 그리고 이 부드러운 들판 끝 어딘가에서, 산중의 자잘한 소음, 작은 캠프의 불빛들, 그 속에 다시 사람의 기척이 살아나고 있었다.

나는 문득 백두대간을 걸으며 산중에서 동민과 소주를 마시며 나누었던 얘기한 구절을 떠올렸다.

"사람은 산길 위에 있을 때 가장 진실해지는 것 같아.

나는 산에서 누군가에게 보이는 내가, 세상 어디보다 가장 나답다고 생각하거든."

동민은 동국대에서 철학을 공부했고 프랑스 그르노블대학에서도 인문학 공부를 하여 산악인치고는 가방끈이 아주 긴 편이었다. 또 철학과 인문학을 전공하여 공대에서 기계공학을 전공한 나와는 아주 달리 생각이나 말에 깊이가 있었다.

그날 밤, 캠프파이어 옆에서 우리 모두 조용히 앉아 있었다. 장작불이 튀는 소리, 옆 사람의 숨소리, 그리고 머리 위 별들의 간

지러운 반짝임. 그래, '내가 이 길 위에 있다는 것, 이 길을 걷고 있다는 것. 지금 이 사실만으로도 나도, 조금은 괜찮은 사람이었을지 몰라.'

투얼룸 메도우에서
디어 르옐 포크 브릿지까지
―마음이 풀리는 순간

새벽녘, 투얼룸 메도우는 뿌연 기억처럼 우리를 감싸고 있었다. 잔디밭 위로 이슬이 송골송골 맺혀 있었고, 해는 아직 능선 너머 어딘가에서 숨을 고르고 있는 듯했다.

전날의 묵은 피로를 털며, 식은 모닥불 옆에 둘러앉아 따뜻한 차를 데웠다. 서로 말없이 눈을 맞추던 그 아침. 익숙해진 걷기와 익숙해진 호흡 속에, 어느새 잊고 있던 경계심이 조금씩 풀어지기 시작하던 순간. 묵은 피로가 풀리기 시작한 얼굴들, 웃음이 조금씩 번지던 표정들. 그런 날이었다. 몸이 익숙해지고, 리듬이 생기고, 그래서 방심하기 쉬운 날.

지난밤 야영한 흔적을 정리하고 고갯길을 올라가니, 날씨는 그림처럼 맑았고, 덥지도 춥지도 않아 걷기에 최고였다.

초반은 부드러운 들판이었다. 초원 너머로는 캐시드럴 레인지의 침봉들이 성당 첨탑처럼 하늘을 찔렀고, 그 사이로 부드러운 햇살이 쏟아지기 시작했다.

고요한 물길 옆으로 이어지는 트레일은 언뜻 보기엔 아무 일도 일어나지 않을 것만 같은 평온함을 머금고 있었다.

잠시 후, 길은 숲속으로 스며들었다. 조망은 사라지고, 하늘은 나무 사이로 드문드문 비쳤으며, 공기는 차분했고, 발걸음은 조용히 일정한 리듬을 유지했다.

눈앞에 펼쳐진 숲길은 작은 바위와 숲, 푸른 초원과 호수가 함께 어우러져 마치 천상의 풍경 같았다.

길은 한참 동안 숲속을 맴돌았다. 이렇다 할 조망도 없이, 그림자와 나무 냄새 사이를 걷는 시간이 이어졌다. 누구도 크게 말하지 않았고, 그저 배낭에 매달린 곰 방울이 작게 딸랑거리는 소리만이 일정한 박자를 유지하고 있었다.

그러던 중이었다. 그날의 작은 균열은 아주 사소한 데서 시작되었다. 내 뒤에서 걸어오던 동민이 갑자기 멈춰 섰다. 배낭을 벗고 신발을 벗은 후 발목을 문질렀다.

"약간 접질렸어. 좀 삐끗했나 봐."

그는 아무렇지 않게 말했지만, 아픔에 얼굴을 찌푸리고 있었고 그의 얼굴은 무언가를 참는 사람 특유의 단단함으로 굳어 있었다.

"영국아, 좀 쉬고 가자."

영수 형이 먼저 말했고, 우린 디어 크릭까진 얼마 남지 않았다는 마음에 잠깐 쉬자는 제안을 쉽게 받아들였다. 작은 공터에 앉아 배낭을 벗었다.

그 순간, 낯선 평온이 내려앉았다. 숲은 조용했고, 공기는 따뜻했으며, 그 안에서 우리는 모두 자신도 모르게 경계심을 푼 채 앉아 있었다.

동민은 신발을 벗고, 발목에 냉찜질을 하며 말했다.

"근데 이런 거 다치면, 하은 엄마가 제일 먼저 걱정했을 텐데."

그의 말에 누구도 답하지 않았지만, 모두 같은 생각을 하고 있었을 것이다. 나는 동민에게 다가가 말을 했다.

"동민아, 발목이 좀 나아질 때까지 네 짐을 나와 윤석이가 나눠 멜게…."

동민은 괜찮다고 말했지만 아직 걸을 날이 많이 남아 있어 무리하면 안 된다고 단호히 말했다.

나와 윤석이 동민의 짐을 나눠 메고 잠시 후, 우린 다시 걷기 시작했다.

하지만 동민은 발을 살짝 절었고, 대열은 처음으로 흐트러졌다. 그 무렵이었다. 앞서 걷던 하은 엄마가 갑자기 멈춰 섰다.

"뭔가, 이상해."

그녀는 발치의 낙엽 더미를 가리켰다. 그곳엔 무언가 먹다 남은 사슴 뼈 같은 것이 널려 있었고, 나무껍질엔 긁힌 흔적이 선명하게 남아 있었다.

곰의 흔적이었다. 우리는 말없이 서로를 바라봤다. 그 순간, 묘한 정적이 주변을 감쌌고, 누군가의 숨소리가 지나치게 크게 들렸다.

"윤석아, 너도 내가 준 베어스프레이 배낭 앞에 잘 매달았지?"

내가 조용히 물었고, 윤석이 고개를 끄덕였다. 하지만 그 순간, 그가 작게 중얼거렸다.

"…어, 아까 동민 형 짐을 넣다가 배낭 안으로 넣은 것 같아…."

우리는 얼어붙었다.

"야, 스프레이 빨리 꺼내서 배낭 멜빵 앞에다 잘 매달아!"

우리는 조용히, 아주 조용히 조금씩 이동했다. 다행히 곰은 나타나지 않았지만, 그 순간의 긴장감은 그 어느 고산 능선보다 가파르고, 어느 계곡물보다도 차가웠다.

르옐 포크 브릿지에 도착했을 때, 오늘 야영지로 적당할 것 같은 넓게 펼쳐진 호숫가에 배낭을 벗고, 잔돌을 주워 모닥불 피울 자리를 만들어 캠프사이트를 정리했다. 우린 묵묵히 텐트를 치기 시작했다. 호수 주변에 널린 고사목을 주워 저녁 모닥불 준비를 하니, 하나둘 대원들이 도착했다.

모두가 말없이 저녁을 준비했고, 저녁을 먹고 어둑어둑해질 무렵부터 모닥불을 피우기 시작했다. 모닥불이 피워지자 그제야 안도의 한숨이 이곳저곳에서 터져 나왔다. 죽은 고사목이 캠프 주변에 널려 있어 걱정 없이 큰 불을 피울 수 있었다.

하루살이처럼 들이대는 모기가 조금 성가시긴 했지만, 모닥불 숯을 긁어내 동민이 아프리카에서 가져온 에티오피아 커피를 끓여 나에게 건네며 말했다.

"영국아 미안하다, 아깐 잠시 딴생각을 하느라고…. 트레일에 큰 솔방울이 있는 것을 못 보고 발을 헛디딘 것 같아."

"그래, 아직 일정이 많이 남았으니까 좀 더 집중하고 빨리 회복해! 그래도 이만한 게 다행이라고 생각해야지…."

내가 대답을 했다.

"동민아 좀 어때, 조금 나아졌냐?"

영수 형이 묻자, 동민은 고개를 끄덕이며 웃으며 대답했다

"예, 형. 이 박사님이 압박붕대 단단히 매어주셨고 배낭도 영국이와 윤석이가 나누어 메어줘서 많이 좋아졌어요."

"그래 너 걷는 거 보니까 좀 나아진 것 같아서, 안심됐어."

영수 형의 말에 우리는 잠시 조용히 웃었다.

그날 밤, 나는 홀로 숲가에 쓰러진 나무 그루터기에 앉아 있었다. 하늘엔 별이 촘촘했고, 바람은 아무 소리도 내지 않고 지나갔다.

나는 가만히, 작은 메모장을 꺼내 모두에게 말을 걸듯 산행 일기 한 줄을 적었다.

「우리 오늘 방심했어.」

내일부터는, 우린 더 조심히 집중해서 걷기로 다짐했다.

존 뮤어 트레일 고갯길

르엘 크릭에서 천섬 호수까지

—묵묵한 회복의 하루

밤새 모닥불은 사그라졌고, 아침은 이슬 맺힌 풀잎 사이로 조심스레 찾아왔다.

르엘 크릭의 물소리는 여전히 고요했고, 밤새 쉰 몸은 조금 더 단단해진 느낌이었다.

부스럭거리며 일어난 우리를 감싸는 공기는 차갑기보다 맑았고, 해는 능선 위에서 느릿하게 고개를 들고 있었다.

숲속의 새소리와 함께 우리는 조용히 깨어났다. 르엘 크릭의 물소리는 여전히 부드럽게 흐르고 있었지만, 어제와는 달리 그 소리가 우리에게 위로처럼 느껴졌다. 아무 말 없이 따뜻한 차를 나눠 마시고, 간단히 오트밀을 먹은 후 출발했다.

동민은 어제보다 괜찮아 보였지만, 여전히 조심스럽게 발을 딛고 있었다.

"좀 나아졌어. 이제 걸을 만해."

그 말에 안심했지만, 마음 한편엔 작은 조바심이 깃들었다.

오늘은 도나휴 패스를 넘어야 했다. 해발 3,370m, 이 여정의 첫 본격적인 고개이자 우리 체력과 인내의 첫 시험대 같은 구간. 누구도 먼저 출발하자고 말하지 않았지만 모두의 발이 동시에 움직였다.

이날의 시작은 가벼운 오르막이었다. 울창한 숲길은 여전히 푹신했고, 길 양옆으로는 형형색색으로 물든 야생화들이 고개를 내밀고 있었다. 피곤한 몸을 다시 회복시키는 듯한 색채들이었다.

숲이 깊어지자 말소리도 점점 줄어들었다. 우리는 저마다의 생각과 템포로 숲길을 걷고 있었다. 어제의 작은 사고는 일정을 크게 무너트리지는 않았지만, 우리 모두 좀 더 집중을 하며 걸어야 한다는 생각을 하게 된 듯했다.

하늘은 거짓말처럼 파랬다. 구름 한 점 없이, 빛은 투명하게 쏟아졌고 우리는 그 아래에서 한 발씩 더 깊은 침묵 속으로 걸어들어갔다.

숨이 점점 가빠졌고, 말은 점점 줄어들었다. 발끝이 조금씩 무거워졌지만, 그 무게감 속에서 오히려 몸의 중심이 또렷해지는 기분을 느꼈다. 이건 걷는 게 아니라 자신을 들어 올리는 행위처럼 느껴졌다. 조금씩, 더 단단해지는 우리. 고개에 가까워질수록 바람이 거세졌다.

민우가 있었다면, 그 바람의 결을 어떻게 표현했을까. 손등에 스치는 바람을 쓸어내리며, 그는 아마 아무 말 없이 웃었을 것이다.

도나휴 패스에 도착했을 때, 우리는 모두 다 아무 말 없이 섰다. 말할 수 없는 풍경 앞에선 말하는 것이 오히려 잘못한 것처럼 느껴지기 때문이다.

뒤로는 걸어온 계곡이, 앞으로는 우리가 가야 할 또 다른 세계가 아찔하게 펼쳐지고 있었다.

나는 걷는 동안 동민과 함께 걸었던 어느 가을날 설악산행을 떠올렸다. 백담산장에서 수렴동 대피소로 올라가는 그날도 이런 숲길이었다. 이따금 뿌리 밑으로 미끄러지며 휘청거리던 동민을 뒤에서 받쳐주던 기억이 선명하게 떠올랐다.

"야, 넘어지기만 해봐. 나 간다?"

동민이 그렇게 장난을 치면, 나는 항상 한 박자 늦게 웃으며 대답했다.

"넘어지면, 내가 업고 가면 되는 거 아냐?"

그 웃음소리가 갑자기 바람을 타고 뒤에서 들리는 것만 같았다. 나는 잠시 걸음을 멈췄고, 뒤를 돌아보았다. 아무도 없었다.

동민은 발목이 아주 완전히 회복되지 않았는지 천천히 뒤에서 걸어 온다고 하더니 아예 보이지도 않았다.

점심 무렵, 우리는 작은 냇가 옆 평평한 바위에 앉아 식사를 했다. 다들 조용히 음식을 먹으며, 오늘따라 특별히 맛있지도, 그렇다고 싫지도 않은 중간의 감정에 머물렀다.

"요세미티 밸리에서 헤어진 민우 씨 생각나죠?"

하은 엄마가 조심스럽게 말을 꺼냈다. 모두 고개를 들었지만, 아무도 대답하지 않았다. 대신 눈빛으로 대답했다. 어, 그래요.

"민우가 제일 좋아했던 건 이런 길이었는데…."

"조용하고, 고요한 길. 말 안 해도 옆에 있다는 게 느껴지는 그런 길."

그 말에 동민은 작게 웃었다.

"그러게. 그 친구는 듣지도 못하고 말은 못 하지만 산을 대하는 모습이 꼭 산이랑 대화하는 수도사 같았어."

그리고, 잠시 후 그가 중얼거리듯 덧붙였다.

"그런데 아무런 장애도 없는 우린 모두 아직 산의 말을 잘 못 알아듣는 거 같아."

오후 들어 해가 기울기 시작하자 숲이 서서히 열리고, 멀리 능선 사이로 파란 하늘이 다시 모습을 드러냈다.

그 언덕을 넘자, 드디어 천섬호수가 모습을 드러냈다. 숲속 깊이 감춰져 있어서 조용하고, 언제나처럼 평화로울 것 같은 호수였다.

호수는 이미 석양의 빛을 머금고 있었고, 수면 위엔 붉은 구름이 천천히 퍼지고 있었다. 우리는 조용히 텐트를 치고 호숫가에 나란히 앉아 해가 지는 걸 바라보았다.

오늘의 바람은 참 따뜻했다. 누군가의 체온처럼, 멀리 떠나 있는 친구가 남긴 마지막 숨결처럼.

나는 배낭에서 작은 수첩을 꺼내 또다시 산행 일기를 정리했다.

「오늘은 아무 일도 없었어. 그런 날이 오히려 더 네가 보고 싶다. 우리 40년 전 젊었을 때처럼 그냥, 함께 걸으며 웃고 싶었다. 오늘처럼, 별일 없는 하루를 너와 나누고 싶었다.」

밤이 되자 별이 하나둘 고개를 들었고, 둥근 달빛과 어울려 몽환적인 분위기가 호숫가로 퍼져 나갔다. 그 분위기 속에 우리는 조금씩 안정을 되찾았다.

숲길에 다시 몸이 익숙해지는 것처럼, 마음도 이 산의 호흡을 조금씩 배워가고 있었다. 천섬 호수 위로 밤새 잔잔한 물결이 일렁였고, 그 위에선 바람도 조심스레 잠을 잤다. 내일은 더 높은 고개를 넘겠지. 하지만 오늘은 그냥, 여기까지 온 것만으로도 충분했다.

천섬호수에서 가넷호수까지
—삶의 경계에서

밤새 호수 위엔 별빛이 조용히 내려앉았다. 아무런 소음도, 움직임도 없이 세상은 그저 잠들어 있었다.

천섬호수의 수면은 거울처럼 고요했다.

별들은 그 위에서 반짝이며 꿈을 꿨다. 아침, 물안개가 천천히 걷히는 시간. 등줄기를 타고 흘러내린 이슬과 젖은 바위 틈새에서 풍겨오는 흙냄새, 이 모든 것이 새로운 하루의 문을 열어주었다.

나는 아침 햇살 아래 호숫가를 천천히 걸으며 가볍게 몸을 풀었다. 햇살이 호수 위로 번지며 섬들 하나하나를 금빛으로 물들였다. 그 모습은 마치 수면 위에 떠 있는 작은 별자리 같았고, 그 모든 것들이 오늘 하루의 예고편처럼 느껴졌다.

숲길은 처음엔 부드러웠다. 나무 사이로 들어오는 햇살은 따뜻했고, 누군가가 귀에 대고 다정히 말을 거는 것처럼 하늘이 낮게 내려와 우리를 감쌌다. 그러나 곧 이어진 고개는 꽤 깊은숨을 요구했다.

늘 그렇듯, 산은 결코 만만하지 않았다. 한 고개를 넘고, 또다시 내려서고 그렇게 길은 다시 고요한 리듬으로 이어졌다.

잠시 쉬어가자는 말도 없이, 우리는 자연스레 멈춰 앉았다. 길 위의 침묵이 우리 모두를 하나로 묶고 있었다.

나는 배낭에서 산중일기 수첩을 꺼내 펼쳤다. 구겨지고 바랜 종이엔 어젯밤, 천섬호수 곁에 앉아 적은 짧은 문장이 쓰여 있었다.

「살아가는 데 필요한 건 많지 않아.
다만 그 하루를 진심으로 통과하는 마음이면 돼.」

그 문장을 읽고 한참 동안 멍하니 있었다. 그리고 조용히 바람 속에 그 글을 흘려보냈다.

오후가 되자, 눈앞에 또 하나의 호수가 모습을 드러냈다. 가넷 호수. 첫눈에 숨이 멎을 것 같은 풍경이었다. 주변 침봉들이 호수 위로 날을 세우고 있었고, 그 그림자가 물속 깊이 드리워져 있었다. 바람 한 점 없는 호수는 하늘을 고스란히 품고 있었고, 그 투명함은 말로는 닿지 않는 세계였다.

우리는 호수 가까이에 자리를 잡고 조용히 발을 담갔다. 찬물이 발목을 감싸올 때, 몸속 깊은 곳에서부터 서늘한 숨이 새어 나왔다. 그건 피로가 빠져나가는 소리였고, 그와 동시에 다시 채워지는 어떤 생의 기운 같았다.

그날 저녁, 호수 가장자리에 앉아 우리는 민우 이야기를 나눴다.

윤석이 불쑥 말했다.

"형, 형 농아 친구가 이 가넷호수에 있었다면 뭐라고 했을까요?"

나는 잠시 눈을 감았다. 그리고 대답했다.

"…아마 아무 말 없이, 그냥 고개를 끄덕였을 거야. 그리고 웃었겠지. 그 눈으로. 그리고…, 내일을 준비했을 거야. 항상 그랬으니까."

그날 밤, 바람은 부드럽게 불었고, 호수 위 별빛은 조용히 일렁였다.

우리는 그 빛을 바라보며 각자의 생각에 잠겼다.

길은 계속되고 있었고, 우리는 아직 끝나지 않은 무언가를 향해 조용히 걸어가고 있었다.

그날 밤엔 바람 한 점 없이 조용했다. 그 고요 속에서 우리 모두 '이 길이 어디까지 이어질까?'라는 생각을 했다.

그러나 누구도 그 물음에 답을 하진 않았다. 왜냐하면 존 뮤어 트레일의 가장 큰 의미는 종착지가 아닌 '지나온 길들'에 있었으니까.

존 뮤어 트레일 물길

가넷호수에서 레즈 메도우까지

—숨결이 머무는 계곡

가넷호수의 아침은 마치 꿈에서 막 깨어난 듯 아득했다.

전날 저녁, 호수 위로 마지막 햇살이 사라질 무렵 보았던 반짝이는 물결은 어느새 안개에 감싸여 부드럽게 숨죽이고 있었다.

누군가 속삭이듯 말했었다.

"밤새 별들이 이 호수 위에 내려앉은 것 같았어."

텐트 지퍼를 내리는 소리에, 옆 텐트들이 하나둘 반응하기 시작했다. 이제 우리는 말없이 움직여도 서로의 리듬을 아는 사이가 되어 있었다.

가넷호수의 수면에 손을 담가보았다. 차가운 물이 손끝을 감싸며, 이른 아침의 맑은 기운이 몸으로 번져왔다. 이 감촉을 민우가 느꼈다면 어떤 표정을 지었을까. 그는 자주 손끝으로 세상을 읽었으니까. 그는, 이 고요를 사랑했을 것이다.

짐을 꾸리고 발걸음을 옮기기 시작했다. 길은 처음엔 호수를 따라 부드럽게 이어졌다가, 곧이어 고도를 낮추며 내리막으로 변했다.

짧지만 가파른 내리막과 작은 계곡을 지나며, 우리는 다시금 자연의 낙차 속으로 걸어 들어갔다.

중간중간, 돌무더기 위에 앉아 쉬어갈 때마다 우리는 각자의 방식으로 오늘을 마주했다. 윤석은 바위 위에 배낭을 벗고 하늘을 올려다보았고, 동민은 조심스럽게 발목을 다시 확인했다. 아직도 조금 불편해 보였지만, 그는 굳이 말하지 않았다. 대신 늘 그렇듯 짧은 미소 하나로 '괜찮다.'라는 뜻을 전했다.

산길은 다시 오르막이 되었고, 엔젤스 레스트라 불리는 작은 능선을 넘으며 우리는 하늘과 더 가까워졌다. 그 능선 위에서 잠깐 쉬던 찰나, 윤석이 갑자기 발을 멈추고는 이렇게 말했다.

"형, 저기 보이는 산그림자가 사람 형상 같지 않아?"

정말이었다. 멀리 중첩된 산의 실루엣은 언뜻 누군가 팔을 벌리고 우리를 바라보는 것 같았다.

나는 그 순간, 그 그림자 속에서 민우를 떠올렸다.

이 길 어딘가에서 여전히 우리를 지켜보는 듯한, 말없이, 그러나 따뜻한 눈으로 바라보고 있을 그를.

늦은 점심 무렵, 우리는 새도 레이크에서 잠시 머물렀다. 물이 흐르는 소리가 마치 멀리서 들려오는 노래처럼 귓가에 스쳤고, 바위에 걸터앉아 라면을 끓이던 영수 형이 불쑥 말했다.

"이 맛은…. 고산식 라면 'Michelin One Star' 정도는 되겠네."

모두 웃었다. 그 웃음 속엔 피곤함, 안도, 그리고 다시 걸어야 할 길에 대한 각오가 담겨 있었다.

이후 길은 점점 넓어지고, 숲은 빛으로 물들기 시작했다. 그리고 마침내 레즈 메도우로 내려서는 마지막 구간. 그곳은 바람이 풀숲을 스치며 지나가고, 길옆으로 키 큰 나무들이 줄지어 서 있었다. 작은 들꽃들이 고개를 흔들며 인사하는 듯했고, 길 끝엔 고즈넉한 레즈 메도우의 초원이 펼쳐지고 있었다.

길 끝에서 레즈 메도우가 모습을 드러냈을 때, 우리 중 누구도 말하지 않았지만 모두 느꼈다. '문명으로 돌아온 것 같다.'라고.

한참 동안 고요한 산속을 걸어온 우리의 눈앞에 울창한 전나무 숲이 시야를 열었고, 숲 사이로 나지막한 통나무 건물들이 하나둘 모습을 드러냈다.

자연 속에 파묻힌 듯 자리한 작은 캠프장, 나무 벤치와 오래된 간판, 그리고 어디선가 피어오르는 나무 연기의 향기. 레즈 메도우는 그렇게 우리를 맞았다. 도착했을 때, 해는 서쪽으로 기울고 있었고, 공기엔 나무 타는 냄새와 일찍 도착한 다른 사람들의 낮은 대화 소리가 섞여 있었다.

요란하지 않았고, 그저 조용히 기다리고 있었던 것처럼. 바닥엔 솔방울이 뒹굴었고, 길가에는 야생화가 한여름의 마지막 색을 머금고 있었다.

머리 위론 까마귀가 낮게 날며 울었고, 그 소리는 어딘가 낯익은 오후의 풍경처럼 들렸다.

캠프장 한편, 반쯤 닫힌 작은 매점이 있었다. 우리는 조심스레 문을 밀고 들어갔다.

실내는 나무 냄새와 먼지, 그리고 익숙한 인간의 향기로 가득했다. 창가엔 오래된 냉장고 하나, 진열대엔 에너지바, 스팸, 땅콩버터, 그리고 박스에 담긴 포스트 카드 몇 장이 놓여 있었다.

벽 한편에는 리서플라이 박스를 찾는 하이커들의 이름표가 붙어 있었고, 우리는 저마다의 박스를 찾기 위해 종이 박스 위에 몸을 기울였다.

"여기 있다, 윤석이 이름."

나는 봉인된 박스를 열며 말했다. 박스 안에는 우리가 몇 주 전 LA에서 정성껏 꾸려 보냈던 식량 꾸러미들이 고스란히 시간의 지문을 머금고 도착해 있었다.

진공 포장된 라면, 마른오징어, 플라스틱 통에 담긴 고추장, 그리고 작은 페트병에 담긴 소주 3병. 그것들은 마치 오랜 친구처럼 반가웠고, 우리를 다시 '우리답게' 만들어 주는 무언가였다.

근처 피크닉 테이블에 앉아, 우리는 박스의 내용물을 하나씩 정리하며 나눴다.

"이건 너 먹어라. 그때 네가 좋아했잖아, 이 곶감."

"오징어는 오늘 밤이다. 무조건."

레즈 메도우에서의 그 짧은 시간은 잠시 무게를 내려놓는 숨고르기였다.

등에 멘 배낭보다 더 무거웠던 걱정들과, 앞으로의 고개들에 대한 불안을 잠시 내려놓고 하루만큼은, 사람으로 돌아갈 수 있는 쉼. 그리고 밤이 되자, 모닥불 옆에서 우리는 조용히 나란히 앉아 있었다.

불꽃은 작게 타오르고, 소주는 한 잔씩 돌았고, 오징어는 고추장에 찍혀 익숙한 냄새를 풍겼다.

누군가가 말했다.

"여기서 하루쯤은 더 머물러도 좋겠다."

누군가는 웃으며 대답했다.

"하지만 산이 우리를 부를 거야."

그 말이 끝나기도 전에, 하늘엔 별 하나가 조용히 모습을 드러냈다. 다시 길 위로 나아가야 할 시간도, 그렇게 서서히 다가오고 있었다.

동민이 작은 목소리로 말했다.

"이곳, 뭔가…. 집으로 돌아온 느낌이야."

나는 고개를 끄덕였다. 레즈 메도우는 길의 중간쯤이지만, 마음으로는 하나의 귀환이었다. 우리도 언젠가 이 길을 다시 돌아보고 싶어질 것이다.

그날 밤, 모닥불 곁에 앉아 우리는 각자의 하루를 품에 안고 조용히 불빛을 바라보았다. 그리고 누가 먼저라고 할 것 없이, 별이 쏟아지는 밤하늘을 올려다보며 하나의 문장을 마음속에 새겼다.

"이 길은 어쩌면, 우리가 잃어버린 것들을 다시 마주하기 위해 존재하는 것인지도 몰라."

레즈 메도우에서 덕 레이크까지
—다시 걷는 이유

아침, 레즈 메도우의 숲엔 은은한 안개가 내려앉아 있었다. 밤새 낡은 나무들 사이에 숨었던 바람이 다시 깨어나며 풀잎 위에 살포시 입을 맞췄고, 어제의 피로는 아직 텐트 끝자락에 매달려 쉬고 있는 듯했다. 우리도 조용히, 아주 조용히 하루를 열었다.

아침 식사는 간단했다. 전날 식량 캐시 박스에서 찾아낸 플라스틱 백 안의 땅콩버터, 플랫브레드, 그리고 예전에 서울에서 챙겨 온 미숫가루 몇 스푼을 물에 타 마셨다.

"이거 진짜 어릴 때 생각나네."

윤석이 말을 꺼냈고, 영수 형이 웃으며 응수했다.

"응. 그땐 이게 간식이 아니라 별식이었지."

식사 후, 우리는 다시 배낭을 정비했다. 곰통 안에 넣어야 할 음식들을 하나하나 확인하며, 누가 언제 어느 구간에서 어떤 음식을 챙겨 갈지를 정했다.

"이제부터는 고도가 다시 오르기 시작하니까, 무게 줄일 수 있으면 최대한 줄여야 해."

나는 당부했고, 동민은 말없이 자신의 배낭에서 작은 치즈 덩어리와 견과류를 꺼내 윤석의 배낭에 나눠 담았다.

"윤석아, 이건 네가 짊어져라. 난 아직 무거운 건 좀 무리야."

그 말엔 부탁이나 고마움보단 조용한 연대감 같은 것이 있었다.

길은 처음엔 화산층 지대를 지난다.

거무튀튀한 현무암 지대가 마치 오래전 화산이 남긴 상처처럼 벌겋게 드러나 있었고, 그 위로 이끼와 들풀이 겨우겨우 뿌리를 내리고 있었다. 발밑이 불안정하고, 바위틈 사이로 작은 구멍들이 불쑥불쑥 나타나 조심스레 걸어야 했다. 그래도 이런 풍경 속에선, 자연의 시간 앞에 인간이 얼마나 덧없는 존재인지 절로 실감이 났다.

고요한 나무들, 텅 빈 들판, 그리고 그 한복판에 우리처럼 지쳐 있는 나무 의자 하나…. 길은 곧바로 울퉁불퉁한 오르막으로 이어졌다.

비좁고 가파른 구간에서 우리 모두는 말수가 줄었다. 대신 숨소리, 신발 밑에서 자갈이 미끄러지는 소리, 그리고 무거운 배낭이 어깨를 짓누르는 소리가 우리의 대화가 되었다.

정오 무렵 우리는 샌 와킨강 지류를 만났다. 수십 미터 폭의 차가운 계류가 눈 녹은 물을 힘차게 흘려보내고 있었다. 급류가 장난이 아니었다. 수심은 무릎을 훨씬 넘었고, 바닥은 보이지 않을 만큼 혼탁했다.

"로프 걸자."

가장 먼저 내가 말했다. 동민이 조용히 배낭에서 확보용 로프를 꺼냈다. 우리 두 사람은 강 양 끝에 섰고, 나는 동민에게 말했다.

"빌레이 잘 봐라, 동민아. 수량도 그렇고 유속도 만만치 않은 것 같으니까⋯. 내가 먼저 조심스레 넘어갈 테니 다들 정신 바짝 차리고⋯."

나는 차가운 물살을 온몸으로 받아내며 계곡 건너편으로 횡단하기 시작했다. 계곡의 한가운데쯤 섰을 때 심장은 급류보다 더 세차게 뛰었다. 얼음장 같은 물은 발가락 감각을 마비시켰고, 미끄러운 바닥에선 작은 실수 하나로 휩쓸려갈 수도 있었다.

천신만고 끝에 계곡을 건넌 후 아름드리나무에 로프를 단단히 고정시켰다.

우리는 한 사람씩, 안전벨트에 고정 로프를 통과시킨 후 로프를 양손에 감고 강을 건넜다. 계류를 무사히 건너고 나자, 우리는 모두 아무 말 없이 한동안 땅에 주저앉았다. 누군가는 젖은 양말을 벗고 누군가는 신발을 털며 조용히 웃었다.

"형 이제 좀 살 것 같아요."

윤석이 툭 던지듯 말했다.

"죽다가 살아난 기분."

동민이 고개를 끄덕였다. 그러자 이홍식 선생님이 웃으며 말한다.

"그래 이게 진짜 존 뮤어지. 살아 있음을 이렇게 느끼게 해주니까."

그 말에 아무도 대꾸하지 않았다. 하지만 모두 고개를 숙이고 조용히 웃었다. 그 웃음엔 두려움과 안도, 그리고 잠깐이지만 '삶'이라는 단어가 스쳤다는 걸, 우리 모두 알고 있었다.

중간중간 숲은 다시 빽빽해졌고, 나무 사이로 햇살이 들쑥날쑥 떨어졌다.

길가에 앉아 쉬며 물을 나눠 마실 때, 민우 생각이 났다. 그라면 아마 이 바위 틈새에서 손끝으로 이끼를 만지며, "영국아, 이건 꼭 오래된 노트 냄새 같지 않아?" 하고 수화로 장난을 쳤겠지.

오후엔 덕 패스 분기점 근처를 지나며 다시 고도가 오르기 시작했다.

숨이 조금씩 가빠졌고, 말수도 줄었다. 하지만 그 침묵이 싫지 않았다. 오히려, 그 조용함 속에서 우리는 조금 더 '서로'가 아닌 '자신'으로 돌아갈 수 있었으니까. 산은 늘 그렇게, 우리를 자신에게로 데려가는 법을 알고 있었다.

덕 레이크가 가까워지자, 하늘은 다시 푸르러졌고 바람도 부드러워졌다. 작은 호수가 모습을 드러내고, 그 가장자리엔 잔잔한 물결이 맴돌았다.

우리는 텐트를 설치하고, 물을 끓이고, 발을 담갔다. 오늘은 모두가 별말이 없었다. 그냥 한 모금의 물, 한 조각의 고요가 우리를 충분히 채워주고 있었다.

저녁엔 조용히 둘러앉아 버섯밥 몇 봉지를 나눠 먹었다. 누군가 문득 말했다.

"이제, 다시 남은 길만큼 우리가 더 깊어지는 시간이 시작된 것 같아."

그리고 모두 고개를 끄덕였다.

덕 레이크의 하늘엔 별이 하나둘 떠오르고 있었다. 그리고 그 사이로 우리도 함께 떠 있었다. 여정이라는 이름의 작은 별들로.

존 뮤어 트레일 눈길

덕 레이크에서 버지니아 레이크까지
—고요한 파문

아침, 덕 레이크는 거울처럼 고요했다. 물안개는 호수 위에서 이불처럼 부드럽게 흘렀고, 햇살은 산등성이 너머로 천천히 기지개를 켰다. 우리는 말없이 텐트를 걷었고, 하루의 여운이 아직 마음에 남아 있었다.

오늘의 풍경은 또 다른 이야기로 우리를 초대했다. 호숫가를 따라 천천히 길을 나섰다. 밤새 내린 이슬이 발밑 풀잎 위에서 반짝이고 있었고, 산새들은 깊은 숲의 하늘에서 낮게 선을 그리며 아침 인사를 건넸다.

길은 완만한 오르막으로 이어졌고, 숲은 점차 열리며 너른 바위 지대와 작은 개울들을 품기 시작했다.

오전 중반, 길은 다시 고요한 숲속으로 스며들었다. 그곳은 마치 다른 시간대에 들어선 듯한 느낌이었다. 햇살은 나무 사이로 수직으로 떨어졌고, 잎과 잎 사이를 스치는 바람은 잔잔한 음악처럼 들렸다. 누구 하나 크게 말하지 않았고, 우리의 호흡은 나뭇잎 흔들리는 리듬에 맞춰지기라도 한 듯 고요하게 이어졌다.

중간에 작은 전망대 같은 바위 위에 올라섰을 때, 멀리 흐릿하게 버지니아 레이크 방향의 능선들이 모습을 드러냈다.

하늘은 점점 투명해졌고, 계곡 건너편에는 오후 햇살에 물든 침엽수림이 깊은 초록의 바다처럼 펼쳐져 있었다.

가끔씩 눈앞에 다람쥐가 휙 지나가거나, 사방에서 들려오는 청설모의 날카로운 울음소리에 우리는 잠시 걸음을 멈추곤 했다. 동민은 그럴 때마다 "저건 저들만의 언어일 거야."라며, 나무의 그림자 아래 앉아 귀를 기울였다.

민우였다면, 그 작은 소리의 결도 놓치지 않았을 것이다. 그는 세상의 소리를 들을 수 없었지만, 세상의 움직임을 누구보다 정밀하게 감지하던 사람이었으니까.

점심 무렵, 작은 계곡을 건너며 발을 담갔다. 차가운 물이 발끝부터 정강이까지 퍼지자 잠시 숨이 멎는 듯한 느낌이 들었다.

윤석이 물을 퍼마시며 말했다.

"세상에 이보다 더 신선한 생수는 없을 거야."

우리는 그 말에 고개를 끄덕이며, 자연이 주는 순수한 선물 앞에서 잠시 묵념하듯 쉬었다. 그리고 길은 다시 고도를 높여 갔다. 지그재그로 이어지는 오르막길, 가끔 바위 위에 앉아 숨을 고르다 보면, 아래쪽 숲에서부터 걸어온 길들이 스멀스멀 피어

오르듯 기억 속으로 떠올랐다.

그 길들 위엔 누군가의 웃음, 숨소리, 그리고 짧은 침묵이 나뭇잎처럼 흩날리고 있었다.

오후 늦게, 드디어 버지니아 레이크의 둥근 윤곽이 모습을 드러냈다. 거울처럼 잔잔한 수면, 그리고 그 수면 위에 겹겹이 쌓인 능선의 실루엣들.

해가 지기 직전, 하늘은 분홍빛으로 물들었고 그 빛은 호수 위에 스미듯 내려앉았다. 텐트를 치고 식사를 준비하던 중, 문득 민우가 함께 있었다면 이 풍경 앞에서 무슨 표정을 지었을까 생각해 봤다. 아마도 아무 말 없이, 손끝으로 공기를 더듬으며, 마치 무언가를 연주하듯 자연의 리듬에 자신을 맡기지 않았을까.

그날 밤, 우리는 모닥불 대신 별빛을 벗 삼아 앉았다. 바람이 살짝 불었고, 호수 위엔 작은 물결이 일었다. 그러나 그 모든 움직임조차 오늘 하루의 고요를 방해하진 못했다.

여행사를 운영하며 느끼게 된 일이다. 트레킹 여행을 떠나면 산속 숙박은 거의 텐트, 롯지, 아니면 허름한 산장이다. 그럼에도 불구하고 숙소에 대한 불만은 거의 없다. 하루 종일 걷고 무척 피곤한 상태에서 발 뻗고 잘 수 있는 것만으로도 감사함을 느끼기 때문이다.

식사도 마찬가지다. 대부분 히말라야 트레킹에는 한식을 조리할 수 있는 네팔 쿡이 동행하여, 산중에서도 한식을 먹을 수 있게 해준다. 물론 재료가 제한되고 조리 시설도 열악해 제대로 된 음식이 나오는 경우는 드물다. 그럼에도 불구하고 사람들은 '이 산중에서 한식을 먹을 수 있다니!' 하며 아주 맛있게 식사한다. 고소증세로 식사를 못 하는 사람만 제외하면 말이다.

하지만 도시에서는 정반대의 일이 벌어진다. 하얏트나 쉐라톤 같은 5성급 호텔에 묵을 때조차도 전망이 마음에 들지 않는다거나, 더 높은 층으로 방을 바꾸고 싶다는 등의 불만이 터져 나온다. 식당에서는 스테이크가 너무 익었다, 고기가 질기다, 수프가 짜다며 끊임없는 불평이 이어진다. 세상 사는 것은 결국 생각하기 나름이라는 걸, 나는 다시금 실감하게 된다.

어느 곳엔가 똑같은 환경 속에서 살아가는 두 부류의 사람이 있다. 머무는 시설은 열악하고, 식사는 형편없으며, 늘 갇힌 채 통제를 받으며 살아야 한다. 거기다 그곳에서 한번 들어가면 오랫동안 머물러야 하고, 심지어 죽어야만 나올 수 있는 곳도 있다.

그런데 놀랍게도, 한 부류는 자발적으로 그곳에 들어가 기쁨과 감사로 가득한 삶을 산다. 날마다 찬미하며 고요한 평화를 누린다. 다른 한 부류는 끌려 들어가 불행과 분노 속에서 매일을 보낸다. 삶을 저주하며 벗어날 수 없는 현실을 증오한다.

한 곳은 종신 수도원이고, 다른 한 곳은 무기징역 감옥이다. 같은 조건, 같은 환경 속에서도, 마음먹기에 따라 삶은 천국이 되기도 하고 지옥이 되기도 한다.

한국 사람은 배고픈 것은 참아도 배 아픈 것은 못 참는다고 한다. 왜 그럴까. 나는 왜 늘 다른 사람과 나를 비교하며 사는 걸까, 문득 그런 생각이 들었다.

남의 떡이 커 보인다는 속담이 괜히 생긴 건 아닐 테다. 어차피 내 앞에 주어진 운명이라면, 그걸 있는 그대로 받아들이고 순명하며 살아가는 건 불가능한 일일까?

돈이 많고 적음, 학벌이 높고 낮음, 잘생기고 못생김, 와이프가 고소영처럼 예쁘든 아니든…. 그런 게 정말 행복을 좌우하는 절대 조건일까?

내 아내가 고소영처럼 예쁘지 않다고 실망할 필요는 없다. 물론 예쁘면 좋긴 하겠지만…, 나도 장동건이 아니니까. 하지만 문득, '장동건도 지금 나처럼 행복하지는 않을 거야.'라는 생각이 들었다. 하늘엔 별이 가득했고, 호수 위엔 깊고 푸른 달빛이 드리워졌다.

시원한 바람을 타고 영수 형의 우쿨렐레 소리와 산노래 '즐거운 산행'이 초원 가득 울려 퍼졌다.

"저녁 노을 붉게 물들면 산등성이에 걸터앉아

커피 한 모금 끓여놓고 먼 산을 바라봐

내 마음도 노을처럼 붉게 타올라

환희에 찬 마음으로 돌아가리라

야호 야호 야호 야 야야호

즐거운 산행길이었어요."

오늘은 슬프고도 정말 즐거운 하루였다. 몹시 힘들기도 했지만…. 지금 이 순간, 여기에서 소주 한잔 마실 수 있다면, 더 바랄게 뭐가 있을까.

버지니아 레이크에서
실버 패스 레이크까지
—은빛 침묵의 저편

새벽, 버지니아 레이크는 유리알처럼 맑고 차가웠다. 밤새 별빛을 머금은 호수는, 해가 떠오르기도 전부터 고요한 기다림에 잠겨 있었다.

우리의 호흡은 뿜어져 나오는 김처럼 하늘로 스며들었고, 손끝이 얼얼할 만큼 차가운 공기는 이곳이 여전히 고산지대임을 새삼 상기시켰다.

텐트 천막 너머로 밝아오는 푸른 새벽, 나는 물끄러미 호수를 바라보다가 말없이 일어났다. 산속에서의 열흘이 순식간에 지나며, 몸과 마음은 어딘가 다듬어졌고, 이제는 매일 같이 짐을 꾸리고 걷는 이 순례 같은 하루가 무언가 '익숙한 경건함'으로 다가오고 있었다.

출발 후 얼마 지나지 않아 길은 본격적인 오르막을 품기 시작했다. 숲은 점점 키를 낮추었고, 바위는 더 자주 발밑에 나타났으며, 하늘은 더 가까이에서 우리를 내려다보았다.

능선으로 오르며 뒤를 돌아보면, 버지니아 레이크는 점처럼 멀어지고 있었고 우리가 지나온 길은, 마치 기억의 지문처럼 산줄기 사이에 찍혀 있었다.

길은 물길을 따라가기도 하고, 가끔은 낙엽 쌓인 음지의 곁으로 돌아들었다. 가늘게 흘러내리는 개울물이 돌 위에 반짝이며 흐르는 모습은 마치 살아 있는 시간처럼 느껴졌다.

한 걸음, 또 한 걸음. 이곳의 고요는 발걸음마다 새겨지고, 침묵은 마치 그 자체로 하나의 언어처럼 우리를 감쌌다.

중간에 만난 툴리 홀 부근, 우리는 한동안 아무 말 없이 그 계곡 풍경을 바라보았다. 깊게 파인 U자형 계곡과, 그 아래를 따라 흐르는 빛나는 물줄기, 그리고 그 위에 부드럽게 떠 있는 구름들. 모두가 한 장의 유화처럼 조화를 이루고 있었다.

잠시 앉아 간식을 먹으며 숨을 고를 때, 동민이 실버 패스 방향으로 손가락을 펴고 말했다.

"이 고개 너머 어떤 풍광이 우리를 기다리고 있을까? 하지만 경사가 급한 게 어디 만만치 않아 보이네…."

오후가 되자, 길은 다시금 가팔라졌다. 실버 패스를 향한 마지막 오름길은 짧지만 숨을 턱턱 막히게 만들었다. 높이 올라갈수록 공기는 희박해졌고, 햇살은 점점 각도를 바꾸며 그림자의 길이를 늘려갔다.

그리고, 실버 패스에 도착한 순간. 세상이 정적 속에 정지된 것처럼 느껴졌다. 그곳에서 바라본 산맥의 실루엣은 너무도 장엄해서, 우리는 자연스럽게 고개를 숙였다. 말이 필요 없는 순간이었다. 고요는 그 자체로 감탄이었고, 바람은 어떤 오래된 시의 후렴처럼 산등성이를 쓰다듬고 있었다. 패스를 넘어 내려선 곳, 실버 패스 레이크는 이름처럼 은빛으로 빛났다.

해는 이미 산 너머로 기울고 있었고, 호수 수면 위로 퍼지는 붉은 노을이 마치 그날의 피로마저 씻어주는 듯했다. 우리는 조심스럽게 텐트를 치고, 조용히 저녁을 끓였다. 말린 버섯과 즉석 된장 밥 냄새가 퍼질 때쯤이면 하루의 고단함도 조금씩 사라졌다.

불빛 하나 없는 밤, 별들은 더욱 가까이 내려와 우리의 눈동자 속에 조용히 스며들었다. 그날 밤, 나는 수첩을 펴고 단 한 줄을 적었다.

「고요함이 이토록 풍요로운 날이 있다면,
우리는 그 안에서 다만 살아 있음으로 충분하다.」

실버 패스 레이크에서
뮤어 트레일 랜치까지
—물소리 추억을 껴안다

해가 떠오르기 직전, 실버 패스 레이크의 수면은 얼음장처럼 고요했다. 하늘은 짙은 청색의 여백으로 가득했고, 그 위에 별 하나, 둘—남은 이야기처럼 떠 있었다.

아무도 말하지 않았지만, 우린 모두 알고 있었다. 오늘은 또 하나의 고개를 넘는 날이라는 걸. 그리고 다시, 한 줄기의 기억을 따라 내려가는 날이라는 걸.

서둘러 짐을 챙기고 떠나는 발걸음. 뒤를 돌아보면 하룻밤을 품어준 호수가 점점 멀어지고, 앞으로는 셀던 패스로 향하는 너른 능선이 낮은 구름과 함께 시야를 가로막고 있었다.

고개를 오르는 동안, 우리는 말없이 걸었다. 숨소리만이 고요한 공기 속을 밀어냈고, 등 뒤로 쏟아지는 햇살이 점차 따스해졌다.

사방은 부서진 화강암 조각들과 드문드문 난 작은 소나무들이 뒤섞여 있었고, 산 위에서 자라는 식물들이 내는 알싸한 향이 공기 속을 채웠다. 고개의 꼭대기에 섰을 때, 바람은 무겁게 등을 눌렀다.

우린 셸던 패스 아래의 평평한 고원지대를 지나 천천히 남쪽으로 걸었다. 부드러운 오름과 내림이 반복되는 이 길은 그동안 지나온 거친 바윗길과는 달랐다. 여기엔 뭔가 더 깊은 생명이 살아 있는 느낌이 있었다. 풀과 흙, 숲과 물, 그리고 이 길을 걷고 있는 우리가.

고요한 아침의 기온은 차가웠고, 손끝은 얼얼했지만 햇살이 나무 사이로 떨어질 때마다 조금씩 온기가 퍼졌다.

걸음을 멈추고 숲 사이로 쏟아지는 빛을 가만히 바라보았다.

그 순간, 뒤에서 동민의 목소리가 들려왔다.

"최 대장, 여긴 진짜 생명이 숨 쉬는 데 같아.

진짜 자연, 진짜 땅, 진짜 공기…. 그런 거 있잖아.

우리 함께 걸었었던 백두대간에서도 그랬었고…."

동민과 처음 백패킹에 맛을 들였던 해, 백두대간을 함께 걷던 생각이 났다. 산은 늘 그렇게 우리에게 '진짜'를 안겨주었다.

점심 무렵 우린 하트 레이크(Heart Lake) 근처에 이르렀고, 바람 한 점 없는 잔잔한 호수 위에 산과 하늘이 완벽히 뒤집혀 있었다. 자연의 데칼코마니….

호수를 따라 걷던 중, 큰 사슴 한 마리가 멀리서 우릴 바라보다가 숲속으로 사라졌다. 그 뒷모습은 말없이 우리를 축복하는 존재처럼 느껴졌다.

이곳은 누구에게나, 하지만 아무에게도 속하지 않는 곳. 그곳에선 반대편 계곡이 한눈에 내려다보였고, 멀리 아래, 오늘 우리가 도달해야 할 '뮤어 트레일 랜치'는 짐작조차 되지 않는 거리감으로 아득히 내려앉아 있었다.

우리는 길을 따라 한참을 내려갔다. 해발이 낮아질수록 숲은 다시 짙어졌고, 나무들은 높고 빽빽해지며 길 위로 어두운 그늘을 드리웠다.

그 그늘 아래선 오래된 나무껍질의 향이 진하게 풍겼고, 그늘 속 고요함은 마치 수십 년 동안 그 자리를 지켜온 듯한, 고요하고 두터운 시간의 무게를 지니고 있었다.

중간에 잠시 쉴 겸, 시냇물 옆에 앉았다. 거센 물살이 돌에 부딪히며 흰 거품을 일으키는 모습을 보며, 윤석이 말했다.

"이 물은 알지 못하는 개울과 계곡을 지나 여기까지 왔겠지. 근데 우리도 그렇지 않냐, 형?"

나는 고개를 끄덕이며 그의 말에 마음을 얹었다. 길 위의 우리 또한, 수많은 발자국으로 이어진 흐름이었다.

오후 늦게, 마침내 뮤어 트레일 랜치에 도착했을 때 우리는 모두 숨을 깊게 내쉬며 피크닉 테이블에 털썩 주저앉았다.

작고 낡은 간판, 정리된 텐트 사이트, 그리고 하이커들이 남기고 간 작은 기록들. 그 모든 것이 이곳이 오랫동안 수많은 여정을 품어온 장소라는 걸 말해주고 있었다.

우편함에서 우리 이름이 적힌 리서플라이 박스를 찾았다. 열어보는 순간, 마치 집에서 온 편지처럼 가슴이 뭉클해졌다. 말린 과일, 라면, 견과류, 깻잎 통조림과 절임 음식 몇 가지 그리고 빨간 뚜껑 진로 소주 3병.

저녁, 우리는 고요한 불빛 아래 모여 앉아 말없이 음식을 나눴다. 동민이 소주병을 들며 말했다.

"이제 이 길도 절반을 넘었네. 다들 수고 많았어."

그 순간, 민우가 함께 있었다면 그도 여기에 조용히 앉아 있었을 것 같았다. 웃음 대신 눈빛으로, 침묵 대신 옅은 미소로. 그의 존재는 여전히 이 길 위에 남아 있었으니까.

뮤어 트레일 랜치에서
에볼루션 레이크까지
—시간이 머무는 호수

뮤어 트레일 랜치를 떠나는 아침은 유난히 조용했다. 마치 누군가 우리의 발걸음을 붙잡고 싶어 하는 듯, 바람조차 나무 끝에서 머뭇거렸다. 산장은 아무 일도 없었던 것처럼, 그저 늘 그 자리에 있던 것처럼 조용히 등을 돌리고 있었고, 우리는 식량과 의지를 다시 채워 넣은 배낭을 메고, 또다시 산의 품으로 걸음을 옮겼다.

길은 처음엔 순했다. 세피아빛 낙엽이 덮인 오솔길이 이어졌고, 머리 위로는 아침 빛을 투과한 나뭇잎들이 반짝였다. 하지만 그것도 잠시. 해가 중천에 걸릴 무렵, 길은 점점 날카로운 표정을 드러내기 시작했다.

산길은 점점 가팔라졌고, 하늘은 쪽빛으로 높아졌으며, 오른편 아래로는 계곡물이 사납게 흘러내렸다. 너비가 제법 되는 계곡, 에볼루션 밸리로 향하는 길목은 그 자체로 이미 성소였다.

오후엔 날씨가 갑자기 흐려지기 시작했다. 구름은 낮게 깔리고, 햇빛은 물러갔다. 그리고 그 유명한 에볼루션 크릭(Evolution Creek)이 우리 앞을 가로막았다. 급류는 생각보다 빠르고 차가웠다. 전날 내린 눈이 녹아 물이 부쩍 불어 있었다.

"로프 꺼내자."

내가 먼저 조심스럽게 말하며 계곡 폭이 좁은 곳을 찾아 트레일 위쪽으로 올라갔다. 소용돌이치듯 흘러내리는 흙탕빛 물살. 단단한 바위 위에 두 발을 디디며 로프를 단단히 묶고 계곡물이 내려가는 방향으로 조심스럽게 계곡을 넘어가기 시작했다. 허벅지에 닿는 물속의 차가움이 순간 정신을 맑게 했다. 등 뒤에서 동민이 말없이 엄지를 치켜세웠고, 나는 깊은숨을 들이마신 채 첫발을 내디뎠다.

물살은 끊임없이 아래로 끌어당기듯 울부짖고 있었지만, 발은 바위 위를 조심스레 짚으며 앞으로 나아갔다. 바람이 얼굴을 스치고, 물방울이 튀어 올라 종아리를 적셨다. 그 짧은 몇 초, 모든 감각이 살아 있었다.

들숨, 날숨, 심장의 박동, 그리고 귓가에서 웅웅 울리던 물소리까지.

허리까지 차오르는 몸이 붕 뜨는 것 같은 느낌과 다리 힘이 빠지며 균형을 잃는 순간이 몇 번 있었지만, 마침내 반대편 바위에 두 발을 딛었을 때, 등줄기를 타고 땀이 한 줄기 흘러내렸다.

"완료!" 하고 외치자, 동민이 두 팔을 휘저으며 웃었다. "야, 너 영화 찍는 줄 알았어!"

계곡 건너에 도착하고 난 후 큰 너도밤나무에 로프를 단단히 고정시킨 후 말을 했다.

"자, 물 흐름이 생각보다 거칠고 깊으니 모두들 정신 바짝 차리고 조심해서 건너오세요."

모두들 고정 로프에 의존해 계곡을 천천히 건넜다. 마지막으로 건너는 윤석에게 말을 했다.

"윤석아, 물을 거스르지 말고 흐르는 방향으로 발을 단단히 딛고 조심해서 넘어와, 내가 확보는 확실히 해줄 테니…."

윤석이 기우뚱거리며 넘어질 듯하다가 다시 균형을 잡고 계곡을 넘어왔다. 모두들 젖은 신발 안에서 양말이 찰박거렸지만 이상하게도 안도의 웃음이 새어 나왔다.

계곡을 건너고 나자 길은 다시 숲으로 들어갔다. 드센 계곡을 지나온 자만이 누릴 수 있는 조용한 숲길. 거기엔 고요한 청록의 고요가 있었고, 바람은 다시 연해져 낙엽을 쓰다듬으며 지나갔다.

오후가 되어갈 무렵, 드디어 에볼루션 밸리의 초입에 도착했다. 길은 갑자기 너그러워졌고, 앞이 확 트였다. 풀밭 위를 걷는 느낌은 마치 땅이 우리를 반기는 듯 부드럽고 따뜻했다. 야생화는 낮은 키로 바람결에 흔들렸고, 저 멀리 에볼루션 레이크의 거울 같은 수면이 반짝였다. 멀찍이서 보면 거대한 양탄자처럼 초원이 계곡을 가득 채우고 있었고, 그 사이로 작은 시냇물이 반짝이며 흘러가고 있었다.

우린 말을 잃었다. 아무도 말하지 않았다. 그저 발걸음이 느려졌을 뿐이었다. 말이 필요 없는 순간이었다. 이곳은 '자연'이란 단어가 너무 작게 느껴질 만큼 압도적인 아름다움을 품고 있었다.

텐트를 친 후, 혼자서 저 멀리 물가로 걸어갔다. 작은 바위에 앉아 손을 물속에 담갔다. 차가운 물 속에서 아득한 감정이 올라왔다. 그건 생각보다 슬프지 않고, 생각보다 따뜻한 느낌이었다.

딸이 생각났고 애의 이름을 마음속으로 불러 보았다. '리나….' 딸의 동그란 얼굴이 물결 위로 어렴풋이 떠올랐다.

밤엔 별이 뜨지 않았다. 흐린 하늘 아래 우린 조용히 머물렀다. 누군가 낮게 읊조렸다.

"여기…. 진짜로 에볼루션이야. 사람이, 시간이, 감정이 다 변해버려."

그 말이 이상하게 긴 여운으로 남았다. 오늘은 그런 날이었다. 산이 우리에게, 아무 말 없이, 마음을 건네준 하루.

밤이 깊어지자 흐린 하늘이 열리며 에볼루션 레이크 위로 별이 하나둘 박히기 시작했다. 바람은 이끼 향을 데리고 다니며 텐트 사이를 맴돌았고, 개울물 소리는 자장가처럼 귓가를 적셨다. 동민이 말했다.

"야, 농아 친구 민우가 이 풍광을 봤다면…. 아무 말도 안 하고 그냥 울었을지도 모르겠다."

나는 고개를 끄덕였다. 그런 풍경이었다. 침묵조차 감정을 가득 머금을 수 있는, 그런 하루였다. 나는 산행 일기를 적기 시작했다. 그날의 별빛은 아주 깊고 선명해서, 어떤 기억도 놓치지 않을 것 같았다. 그리고 우리는 알 수 있었다. 이 긴 길 위에서, 잃은 것이 있다면 반드시 남은 것도 있다는 것을. 산은 잊지 않고, 길은 기억하며, 계속해서 걷고 있다는 것을.

새벽에 소변을 보러 텐트의 지퍼를 여니 달빛이 잔잔한 은빛 물결처럼 캠프 위로 내려앉았다. 하늘은 아직 붉지도 푸르지도 않은 채, 회색의 명상 속에 잠겨 있었고, 텐트 밖으로 한 걸음 나오자 공기 중엔 밤새 얼었던 풀잎들이 바삭바삭 소리를 냈다.

캠프 근처에서의 하룻밤은, 마치 다른 세상에서 잠시 유배된 듯한 느낌이었다. 바람은 말을 아꼈고, 별들은 너무도 가까이 있어 손을 뻗으면 닿을 것만 같았다.

에볼루션 레이크에서
뮤어 패스를 거쳐 콘티넨털 캐년까지
—잠든 호수를 지나는 바람

　밤새 에볼루션 레이크 위로 부드러운 달빛이 쏟아졌다. 잔잔한 수면 위로는 별이 떠 있고, 그 사이를 달이 유영하듯 지나갔다. 텐트 위로 나뭇잎이 사각이며 쓸리고, 호수 건너편 능선에는 별빛이 바람결에 흔들리는 듯했다. 이른 새벽, 고요한 침묵 속에서 깨어났을 때는 이미 하늘이 희끄무레 밝아오고 있었다.

　텐트 지퍼를 열자 찬 공기가 얼굴을 스쳤다 새벽 공기는 가히 칼날 같았다. 고요하게 누워 있는 에볼루션 호수가 숨을 멈춘 듯 잔잔했다. 호수 표면 위에 깃든 안개는 마치 꿈의 조각처럼 흩어지지 않고, 조용히 숲과 하늘 사이를 맴돌았다. 텐트 안에서도 물결이 흔들리는 듯한 기분. 깊은 피로 속에서도 누구 하나 깊은 숨을 놓지 못한 밤이었다. 왜였을까? 아마도 오늘이 이 여정의 전환점 같은 날이라는 걸, 우리 모두 어렴풋이 알고 있었기 때문일지도.

차가운 물로 세수를 하며 문득 든 생각—"아, 정말 산속 한가운데에 있구나." 나무들은 더 이상 많지 않았고, 대신 바위와 하얀 돌무더기, 그리고 묵직한 정적이 주변을 감싸고 있었다.

오늘은 또 하나의 고개, 뮤어 패스를 넘는 날. 출발 전부터 조금 긴장되는 아침이었다. 지도 위에서 뮤어 패스는 아주 날카로운 선처럼 보였고, 그 뒤로 펼쳐질 경치들은 아직 짐작조차 하기 어려운 미지의 영역이었다.

바위틈에 기대어 간단히 아침을 먹었다. 누룽지 끓인 밥, 차 한 모금. 입에 머금은 따뜻한 수분이 온몸을 천천히 깨웠다. 우리는 여전히 적막한 숲길로 들어섰다. 초록빛의 숲은 조금씩 짙어졌고, 계곡이 가까워질수록 땅은 촉촉하게 젖어 있었다. 지난밤 내린 이슬일까, 아니면 하늘이 이 길목에만 조용히 빗방울을 떨구었을까?

출발 직후부터 우리는 점점 고도를 높여 갔다. 에볼루션 밸리를 지나며, 그 이름 그대로 '진화'하듯, 길은 점점 원시적인 느낌으로 바뀌었다. 인간의 손이 미치지 않은 세계. 그 안에서 우리는 말수가 줄었고, 숨소리와 발걸음만이 리듬처럼 이어졌다.

하늘은 푸르고, 구름은 한 줄도 없이 맑았다. 그런 날엔 햇살조차 또렷하게 느껴진다. 산마루 위로 빛이 쏟아지고, 작은 호수들이 반사경처럼 반짝였다. 산새 하나 울지 않는 침묵 속에서, 나는 마치 빛이 있는 고요 속을 걷고 있는 듯한 기분이 들었다.

가끔은 길이란 게 사라진 듯 보였고, 우리는 바위 사이를 조심스럽게 헤치며 걸었다. 발밑의 자갈 소리, 가끔 미끄러지는 소리, 그리고 멀리서 들려오는 눈 녹은 물소리. 이 고요한 음악은 마치 오래된 전설 속의 배경음 같았다.

걷다 보니 작은 나무다리가 나왔다. 그 아래로는 빠르게 흐르는 물줄기가 있었다. 물은 맑았지만 무시무시할 만큼 차가워 보였고, 물속 자갈들이 일렁이며 마치 우리 발아래로 수없이 많은 시간이 지나가는 듯한 착각을 주었다.

오후는 다시 고도를 높이며 산속으로 파고들었다. 하늘이 다시 밝아졌고, 커다란 바위 능선을 따라 거대한 설봉들이 시야에 들어오기 시작했다. 뮤어 패스를 향한 마지막 고갯길에서 숨이 가빠졌지만, 아무도 말없이 걸음을 이어갔다. 말은 없지만 다들 마음속으로 같은 문장을 되뇌고 있었을 것이다.

'조금만 더, 조금만 더⋯'

그리고 드디어, 고개 위에 섰다.

멀리까지 펼쳐진 산맥, 발아래의 푸르른 계곡, 그리고 우리가 걸어온 저편의 능선들.

마치 세상 밖 가장 높은 벽 위에 올라선 느낌이었다.

바람은 거세게 불었고, 그 속에 섞여 있는 동민의 웃음이 또 한 번 스쳤다.

그날 오후, 우리는 뮤어 패스를 넘어가며 또 다른 세상으로 들어섰다. 계곡은 더 깊어졌고, 바위는 더 커졌으며, 고요는 점점 신비로워졌다. 발밑으로 펼쳐지는 세계가 마치 꿈처럼, 혹은 아주 오래된 이야기처럼 느껴졌다.

고개를 내려오며 해가 점점 기울기 시작했다. 그리고 드디어, 길고도 서서히 기울어진 언덕 끝에 마주한 이곳엔 세상의 경계선처럼 서 있는 돌 산장이 있었다. 뮤어 헛(Muir Hut). 회색 돌을 쌓아 만든 그 작은 건축물은 마치 먼 옛날부터 이곳을 지켜온 산의 문지기 같았다. 바람은 이곳에서 다른 리듬으로 불었다. 더 차갑고, 더 묵직하고, 어쩌면 '존경'이란 단어가 떠오를 만큼 위엄이 있는 공간이었다.

우리는 하나둘 돌 산장 안으로 들어가 앉았다. 등에는 땀이 식어가고, 얼굴엔 바람이 맴돌았다. 말없이 앉아 서로의 눈빛을 확인했다. '여기까지 왔구나.'라는 실감이 얼굴마다 스며 있었다. 그리고 조용히, 각자의 방식으로 그 순간을 음미했다. 누군가는 눈을 감았고, 누군가는 일기장을 꺼냈다. 나는 돌 창문 너머로 보이는, 우리가 지나온 계곡을 한참이나 바라보았다.

"민우라면 이 경치를 어떻게 말했을까."

동민이 문득 중얼거렸다. 나는 한참을 뜸 들인 뒤에, 이렇게 말했다.

"말없이⋯. 손끝으로 그렸을 거야. 바람이 스쳐 가는 것처럼."

해가 질 무렵, 텐트를 쳤다. 바람은 강했고, 하늘은 자줏빛으로 물들어 있었다. 별은 아직 뜨지 않았지만, 모두 알고 있었다. 이 밤도, 이 침묵도, 기억될 것이라는 걸.

식사를 마치고 나서도 우리는 말이 없었다. 산이 높아 그런지 별은 이른 시간부터 하나둘 피어났다. 이미 10,000ft를 넘어 모닥불조차 피우지 않고 각자의 침낭 속에서 생각에 잠겼다.

바람은 텐트의 벽을 살며시 밀고 지나갔고, 나는 그 바람의 숨결 속에서 깊은 꿈속에 빠져들었다.

콘티넨털 캐년에서 팰리세이드 호수로
—깊어지는 고독의 강

아침, 콘티넨털 캐년의 공기는 유리처럼 맑고 차가웠다. 밤새 별빛이 계곡 위를 지나간 자리에 바위들은 은은하게 젖어 있었고, 풀잎마다 작은 이슬방울이 고요히 떨고 있었다.

아직 해가 산등성이 너머로 오르지 않았기에 계곡 안은 어두운 푸름에 잠겨 있었고, 그 속에서 우리 발걸음만이 조용히 울렸다.

이른 아침의 숲은 늘 경건하다. 한 마리 새도 울지 않는 정적. 가끔 들리는 건 떨어지는 물방울 소리, 혹은 나뭇가지 사이를 지나가는 바람의 숨소리.

우리는 가파르게 깎아지른 바위 옆을 조심스레 걸었다. 좁고 불규칙한 길 위에선 말수가 줄었다. 자칫하면 발을 헛디딜 수 있다는 긴장감, 그리고 그 사이로 조심스럽게 피어오르는 경외심.

잠시 바위 턱 위에 올라서서 뒤를 돌아봤다. 깊고 깊은 계곡 저 아래로 우리가 걸어온 길이 실타래처럼 얽히고설킨 채 내려다보였다.

자연 앞에서 우리는 정말 작았다. 그 작음이 때론 두려움이었고, 또 때로는 해방감이었다. 정오 무렵, 길은 점점 고도를 높이며 '황금의 계단(Golden Staircase)'이라 불리는 구간에 다다랐다.

그 이름처럼 황금빛은 아니었지만, 끊임없이 이어지는 좁은 지그재그 계단 길은 햇살을 받아 바위의 결을 선명하게 드러냈다.

숨이 턱밑까지 차올랐다. 무릎은 뜨거워졌고, 어깨는 묵직해졌다. 그러나 멈출 수는 없었다. 왜냐하면 그 위에는, 우리가 오늘 머물 팰리세이드 호수가 기다리고 있으니까. 그렇게 수없이 고개를 넘어 마침내 우리가 닿은 그곳—팰리세이드 호수는 말그대로, 산이 품은 거대한 거울이었다.

호수는 길게 누워 있었고, 주변을 둘러싼 회색 바위산들이 그속에 또렷이 비쳤다. 어디선가 살랑이는 바람이 호수 위를 스쳤고, 그 순간 풍경은 흔들렸다. 마치 살아 움직이듯. 우리는 호숫가 넓은 평탄지에 자리를 잡았다.

젖은 신발을 벗고, 바람에 텐트를 세우며 조용히 각자의 리듬으로 몸을 풀었다. 그날 저녁은 말수가 많지 않았다.

누구도 "오늘 힘들었다."라는 말을 꺼내지 않았다. 그저 작은 버너 위에서 따뜻하게 데운 수프, 말린 고기 몇 조각, 그리고 나뭇잎 사이로 지는 햇살이 우리의 피로를 말없이 감싸주었다.

호수 건너편 능선 위로 해가 질 때, 붉은빛이 바위의 이마를 물들였다. 나는 한참 동안 그 장면을 바라보며 가슴속 깊은 곳에서 '지금, 여기에 있음'을 온전히 느꼈다.

팰리세이드 호수에서
마더 패스를 지나 어퍼 배신으로
—험준한 하루 부드러운 저녁

아침, 팰리세이드 호수 위엔 구름 한 점 없이 맑은 하늘이 펼쳐져 있었다. 하지만 바람은 점점 더 드세어지고, 산은 점점 더 침묵했다.

팰리세이드 호수의 나무들은 밤사이 더 고요해진 듯했고, 텐트 위에 맺힌 서리는 마치 우리 마음의 결정처럼 하얗게 굳어 있었다.

해가 산등성이 너머로 얼굴을 내밀기 전에 일어난 우리는, 말없이 짐을 꾸리고 출발할 채비를 했다. 해가 산 능선 너머로 모습을 드러내자 호수는 황금빛으로 물들었고, 바위벽은 햇살을 받아 하나둘 깨어나기 시작했다.

배낭을 메고 걷기 시작한 이른 아침, 우리는 모두 말없이 같은 긴장감을 품고 있었다.

"오늘부터는 진짜 마지막 고갯길이야."

내가 말했지만, 아무도 대답하지 않았다. 그저 모두의 마음속에 같은 생각이 떠올랐던 것 같다.

'이제 얼마 남지 않았다.'

길은 점점 높아지고, 하늘은 점점 가까워졌다. 나무들은 키를 줄이며 사라져 갔고, 대신 깎인 화강암 절벽과 드문드문 박힌 바위 식물들만이 동행처럼 따라왔다.

우리는 숨을 크게 쉬고 또 내쉬며, 조금씩 휘트니의 품으로 들어가는 길을 걸었다.

어딘가부터는 말이 줄었고, 발걸음은 서로의 호흡만을 따라갔다. 한참을 오르다 멈춰 선 어느 바위 언덕 위에서, 뒤를 돌아봤다. 지나온 길이 아득했다. 은빛 강줄기들과 얼어붙은 호수들, 그리고…. 마치 모든 순간이 한 점으로 수렴해 와 가슴속에서 천천히 퍼지는 것 같았다.

마더 패스. 존 뮤어 트레일 중반 이후, 가장 험난한 고개 중 하나. 이제 곧 만나게 될, 거대한 자연의 심장.

길은 호수를 떠나면서부터 바로 가팔라졌다. 돌길은 울퉁불퉁했고, 몇몇 구간은 경사각이 몸을 수직으로 세우게 했다.

그러나 바위 하나하나에는 오래된 하이커들의 흔적이 묻어 있었고, 그 흔적들이 우리에게 묵묵히 길을 안내해 주었다. 걸음을 멈출 수밖에 없던 순간이 있었다. 등 뒤를 돌아봤을 때, 멀리서부터 이어져 온 계곡과 호수들이 한 폭의 지도처럼 펼쳐져 있었기 때문이다.

깊은숨을 들이마시며 나는 중얼거렸다.

"지금 우리가 걷고 있는 이 길, 누군가의 꿈이었을지도 몰라."

정오쯤, 마더 패스 정상에 올랐다. 그곳은 세상이 잠시 멈춘 듯한 고요 속에 있었다.

바람도, 구름도, 사람도—잠시 말을 잊은 순간. 거대한 회색 능선 위에서 우리는 단단히 깎인 바위 위에 앉아, 몸의 열기를 식히며 각각의 풍경을 가슴에 새겼다.

그곳에서 나는 민우를 떠올렸다. 말없이, 조용히. 누군가 먼저 입을 떼지 않아도 모두 같은 이름을 마음에 품고 있었던 시간.

나는 작은 돌멩이 하나를 손에 쥐고 패스 위 낡은 표지석 옆에 조심스레 올려놓았다. 그건 바람에 날아가지 않을 무게로, 그리고 잊히지 않을 마음으로.

패스를 넘어 내려가는 길은 다시금 우리가 얼마나 작은 존재인지 깨닫게 했다. 수직에 가까운 내리막길과 끊임없는 돌계단들, 그 아래로 이어지는 어퍼 배신의 넓은 계곡이 눈앞에 펼쳐졌다.

계곡으로 내려올수록 풍경은 달라졌다. 날카롭던 바위들은 곧 완만한 초원으로 변했고, 이따금 이름 모를 야생화들이 무심하게 피어 있었다.

무릎에 피로가 차오를 즈음, 우리는 넓고 평평한 들판 한가운데 잔잔한 물길이 흐르는 곳에 자리를 잡았다. 그곳이 오늘의 야영지, 어퍼 배신.

해 질 무렵, 하늘은 붉은 와인처럼 물들었고 어퍼 배신을 감싸는 봉우리들엔 황금빛이 스며들었다. 나는 조용히 텐트 앞에 앉아 오늘 하루를 다시 떠올렸다. 내일이면 또 다른 고개를 넘어야겠지만 지금 이 순간, 우리는 완벽히 이곳에 존재하고 있었다.

고도는 3,600m를 넘어섰고, 바람은 눈을 감으면 파도 소리처럼 들렸다.

조금만 더 오르면, 휘트니 베이스캠프. 그러나 오늘은 무리하지 않기로 했다. 이제는 완주가 목적이 아니라, 끝으로 가는 '시간의 감정'이 중요하다는 걸 우리는 알고 있었다.

야영지를 정하고 천천히 저녁을 준비하며, 나는 또 한 번 민우의 이름을 떠올렸다. 지금 여기에 함께 있었다면, 분명 별을 헤아리며 무언가 조용히 읊조렸을 것 같다.

별이 쏟아지는 기타 패스 아래 우리는 마지막 고비를 앞두고 천천히 숨을 고르며 서로의 체온에 기대어 산속 가장 조용한 밤을 맞았다.

고도가 높아 온도가 많이 떨어졌지만 우리는 모닥불을 피울 수 없었다.

존 뮤어 트레일에서 허용되지 않는 몇 가지가 있는데 고도 10,000ft 위쪽에서 야영을 할 때는 모닥불을 피울 수 없는 것도 그 하나이다.

존 뮤어 트레일을 걷기 위해 반드시 지켜야 할 규정을 열거하면 다음과 같다.

1. 퍼밋(Permit) 필수

- 백패킹 허가증(Wilderness Permit)
  존 뮤어 트레일(이하 JMT)을 걷기 위해서는 출발 지점에 따라 퍼밋이 필수이다. 요세미티 국립공원이나 인요 국유림(Inyo National Forest) 등에서 발급.
- 하프 돔(Half Dome) 등반 퍼밋
  JMT 초반에 있는 하프 돔을 오를 경우, 별도의 퍼밋이 필요하다. 하프 돔 정상으로 오르는 '케이블 구간(Cables Route)'은 안전과 환경 보호를 위해 퍼밋 소지자만 통행 가능하다.
- 하루 최대 300명(하이커 225명, 백패커 75명)으로 인원이 제한되어 마치 복권에 당첨되는 것처럼 어렵다.

신청 시기
- 일일 하이커용(Day Hike Permit)
  3월 1일~3월 31일 사이에 레크리에이션.gov에서 '복권 방식(lottery)'으로 신청해야 한다(당첨 결과는 4월 중순에 발표).

- 백패커용(Wilderness Permit + Half Dome Add-on)

존 뮤어 트레일처럼 백패킹 일정 중 하프 돔을 오르고자 하는 경우, JMT 퍼밋 신청 시 'Half Dome 옵션 추가'를 반드시 선택해야 한다(이 경우 별도의 추가 신청 없이 퍼밋에 포함되어 처리됨).

신청 방법

- 웹사이트: Recreation.gov(하프 돔 퍼밋 신청)

본인의 계정 생성 → 신청 양식 작성 → 일정 선택 → 하이커 수(최대 6명) 입력 → 결제

신청 수수료 신청 시: $10(환불 불가), 당첨 시: $10/인(자동 결제)

- 추가 기회 – 일일 추첨(Daily Lottery)

본 신청에서 떨어졌더라도, 등반 2일 전에 일일 추첨으로 다시 도전할 수 있다. 신청은 recreation.gov 앱 또는 웹사이트에서 가능하며, 추첨 결과는 다음 날 오후 통보됨.

유의 사항

- 퍼밋 소지자는 신분증 필수 지참, 단속 시 확인됨.
- 무단 진입 시 벌금 또는 퇴출 조치를 받을 수 있다.
- 퍼밋은 양도 불가, 단체 신청 시에도 리더가 반드시 동행해야 유효하다.

- 케이블 설치 기간은 일반적으로 5월 말~10월 초, 눈 상황에 따라 달라짐.
- JMT 백패커가 하프 돔을 오르고 싶다면, JMT 퍼밋 신청 시 '하프 돔 옵션'을 반드시 선택해야 함.
- 별도 신청이 불가하므로, 퍼밋 신청 초기에 미리 고려하여 신청해야 함.
- 하프 돔 퍼밋이 없는 백패커는 케이블 구간 진입 불가.
- 휘트니 포탈 하산 시, 마운트 휘트니 정상에서 휘트니 포탈로 하산하는 경우, 'Mount Whitney Zone Exit Permit'이 필요.

2. 곰통(Bear Canister) 의무 사용

- 야생동물 보호 및 인간-야생동물 충돌 방지
  일정 구간(특히 시에라네바다 고산지대)에서는 곰통 사용이 의무화.
- 곰통은 텐트에서 최소 30m 이상 떨어진 곳에 보관해야 한다.
- 나무에 매다는 방식은 현재 대부분의 구간에서 허용되지 않거나 권장되지 않는다.

3. 화기 및 모닥불 금지

- '높은 고도(약 10,000ft 이상)'에서는 모닥불 금지.
- 드라이 시즌에는 전 구간 화기 사용 금지령이 내려지기도 함.
- 일반적으로는 가스스토브만 허용됨.

4. 쓰레기 및 배설물 처리 규정

- Pack It In, Pack It Out: 모든 쓰레기는 직접 들고 나가야 한다. 음식 포장지, 화장지, 심지어 부러진 장비 등도 포함.
- 인분 처리 규정: 일부 구간(예: 휘트니 포탈)에서는 WAG Bag(인분 수거용 봉투) 사용이 의무임.
- 그 외 지역에서는 고지대용 간이 화장실이 없을 경우, 땅을 15~20cm 파고 묻는 것이 원칙이다.

5. 캠핑 위치 제한

- 정해진 지역 외에서는 캠핑이 금지되거나 제한되는 경우가 있다.

- 호수, 강 등 수원지로부터 최소 100ft(약 30m) 이상 떨어진 곳에서 야영해야 함.
- 취사나 야영이 금지된 특별 보호구역이 있을 수 있으므로 지도와 퍼밋 조건을 반드시 확인해야 한다.

6. 반려동물 동반 금지 또는 제한

- 요세미티, 킹스캐니언, 세코이아 국립공원 등 대부분 구간에서는 반려견 동반이 금지되어 있다.
- 일부 국유림 구간에서는 목줄 착용 시 동반 가능하지만, 전체 JMT를 완주하기는 어려움.

존 뮤어 트레일 돌길

어퍼 배신에서 핀쵸 패스를 지나
기타 레이크로
—하늘과 가장 가까운 길

아침, 어퍼 배신의 들판 위로 희뿌연 안개가 낮게 깔려 있었다. 잔잔히 흐르던 물줄기는 밤새 기온에 얼어 돌 위에 하얗게 성에를 남기고 있었다. 해가 능선 너머로 조심스레 얼굴을 내밀자, 그 성에들은 하나둘 빛을 머금었고, 우리의 눈꺼풀도 자연스럽게 열렸다.

어제의 마더 패스가 날카롭고 거대했다면, 핀쵸 패스는 정직하고 꾸준한 산 같았다. 멀리서부터 능선이 또렷이 보였고, 길은 그 선을 따라 차근차근 위로 향했다. 돌길이 계속 이어졌지만 발아래에서 조심스레 무너지는 자갈 소리조차 이젠 익숙하게 다가왔다.

고도를 올릴수록 풍경은 한 겹씩 벗겨지고, 또 새로워졌다. 초목은 점점 사라지고 바위와 하늘, 그 사이를 가르는 눈 덮인 능선만 남았다.

나는 문득, 처음 이 길을 나서기 전 들었던 누군가의 말을 떠올렸다.

"고산에서는 세상 모든 번잡함이 정리돼. 결국 너 하나만 남지."

그 말이, 지금은 왜 이렇게 정확하게 느껴지는지.

패스 직전에 무릎을 굽히고 숨을 고르던 윤석이 말했다.

"형, 여긴 꼭 달 같아요. 아무것도 없고, 그냥…. 조용해."

나는 고개를 끄덕이며 대답했다.

"우리가 지금 걷는 이 고요가, 아마 우리가 기억할 전부일지도 몰라."

정오 무렵, 드디어 핀쵸 패스 정상. 표지석도 없이 그냥 바위들만 무심하게 쌓여 있는 그곳. 그러나 우리는 알았다. 바로 이곳이 오늘 하루를 끌어올린 정점이라는 것을.

바람은 세차게 불었고, 그 속에 쌓인 침묵은 오히려 큰 울림이 되었다. 우리는 잠시 자리를 잡고 등을 맞댄 채 각자의 방식으로 풍경을 받아들였다.

어떤 이는 사진을 찍었고, 어떤 이는 조용히 돌을 어루만졌고, 나는 조용히 수첩에 한 줄을 적었다.

「끝에 다다를수록, 더 많은 걸 비워야 한다.」

내려가는 길은 계단처럼 이어지는 자갈 내리막. 그 너머엔 또 다른 세상처럼 푸른 호수와 소나무 숲이 내려다보였다.

해가 기울 무렵, 우리는 기타 레이크 근처, 넓은 평지에 텐트를 세웠다.

그날 밤, 물소리가 자장가처럼 흐르는 계곡 옆에서 우리는 간단한 식사를 나눴고 각자의 배낭 속에서 꺼낸 마지막 남은 간식을 조심스럽게 친구에게 건넸다. 말은 적었지만, 그 안엔 길 위에서 쌓아 올린 수많은 신뢰와 기억이 묻어 있었다.

이제 하루만 더 지나면 마지막 큰 고개, 글렌 패스를 넘어야 해. 그리고…. 드디어 휘트니가 모습을 드러내겠지.

하지만 오늘, 핀쵸 패스의 고요함과 이 계곡의 평화로움을 우리는 오래도록 기억하게 될 거야.

기타 레이크에서 휘트니 봉 정상을 거쳐 휘트니 포탈로

—Stairway to heaven

별빛은 텐트 위로 조용히 쏟아지고 있었고, 다른 모든 소리는 잠들어 있었다.

새벽 3시.

바람은 날카롭게 불어왔고, 머리카락 사이로 스미는 냉기는 곧 우리가 하늘 가까이 있다는 걸 말해주고 있었다. 우리는 침묵 속에 하나씩 짐을 챙겼다.

별들은 하늘 가득 떠 있었고, 달은 서쪽 하늘에 누운 채 조용히 우리를 내려다봤다.

숨소리만 들리던 텐트 안을 빠져나와 헤드랜턴을 켜고, 우리는 휘트니로 향하는 마지막 오르막을 밟기 시작했다.

휘트니산 정상까지 이어지는 끝없는 돌길, 헤드랜턴 불빛이 하나둘 켜지며, 검은 능선 위를 따라 행렬이 만들어졌다.

우리는 말없이 걷기 시작했다. 조용히 숨을 들이마시고 내쉬

세상 밖으로
날아가다

며, 그 숨 하나하나에 지금까지 걸어온 수많은 기억들이 묻어나왔다.

'트레일 크레스트(Trail Crest)'를 지나 날선 능선을 따라 걸었다.

미국 본토 최고봉이라는 휘트니 봉으로 이어지는 돌길은 이미 수목 한계선을 훌쩍 넘어 거칠게 하늘로 이어졌다. 날이 밝기 시작한 건 해발 4,000m를 넘긴 지점쯤이었다.

붉은 기운이 능선을 적시며 번지기 시작했고, 저 멀리 사막과 설산의 경계가 분홍빛으로 물들었다.

모두가 그 순간을 잠시 멈춰 서서 바라봤다. 아무 말도 없이, 다만 가슴 안쪽 깊은 곳에서 무언가 천천히 일어나는 느낌만.

드디어 차가운 골바람이 몰아치는 바람골을 지나 마지막 정상 구간으로 접어들었다.

발아래 자갈들이 소리 없이 밀려났고, 바람은 어깨를 톡톡 두드리며 말했다.

"조금만 더 가면 돼."

요세미티 계곡에서 시작된 끝없는 트레일도, 해발 4,421m의 휘트니 봉에 오르고 휘트니 포탈로 내려가면 마침내 18일간의 여정이 끝이 난다.

시작할 땐 찌는듯한 더위와 어깨를 내리누르는 배낭의 무게로 '이놈의 존 뮤어 트레일은 도대체 언제 끝이 나려나.' 했는데, 이제 산을 내려가면 끝이라니 아쉽기가 그지없었다.

몸은 이미 지쳐 있었지만, 어느새 익숙해진 새벽의 냉기와 가파른 고도, 그리고 가슴속 깊은 곳에서 차오르는 어떤 벅참이 우리를 밀어 올렸다.

길은 점점 가팔라졌고, 바위틈으로 솟아나는 찬바람은 휘파람처럼 낮게 울렸다. 그러나 그 차가움 속에서, 나는 오히려 어떤 뜨거움을 느꼈다. 그건 마지막 고개를 향한 긴 여정의 울림이었을지도 모른다.

고도는 이미 4,200m를 넘어 있었다. 스콜피온의 'Stairway to Heaven'을 떠올리게 하는 돌길이 하늘로 뻗어 있었다.

배낭은 고갯마루에 내려두고 빈 몸으로 올랐지만, 고소로 인해 숨이 가빠왔다. 마이클 잭슨의 문워크처럼 흐느적거리며 정상을 향해 한 걸음씩 내디뎠다.

머리는 무겁고 다리는 떨렸지만, 발걸음은 멈추지 않았다. 하늘은 가까워지고, 돌길은 점점 좁아지고…. 그리고 마침내, 정상의 돌탑이 모습을 드러냈다.

그곳에 닿았을 때 나는 아무 말도 하지 못했다. 오직, 들려오는 건 바람 소리와, 서로가 서로를 바라보는 그 묵묵한 눈빛뿐이었다.

"왔어, 영국아."

누군가 속삭였다.

우리는 모두 각자의 방식으로 산과 인사를 나누었다. 뜨거운 눈물, 조용한 미소, 가만히 쥔 손…. 그 모든 것이 산에 스며들었다.

드디어 정상에 올라섰다. 마운트 휘트니, 미국 본토에서 가장 높은 곳. 해발 4,421m. 그 하늘 아래 우리는 누군가를 기렸고, 하나의 여정을 끝맺었으며, 서로의 인생에 지워지지 않을 페이지를 남겼다.

윤석이 말했다.

"형, 우린 진짜 해냈어요. 끝까지."

나는 웃으며 대답했다.

"그래…. 우리, 끝까지 왔네. 다 같이."

그리고 마음속으로는 또 한 번 속삭였다.

'우리 모두 함께였어. 처음부터, 끝까지.'

존 뮤어 트레일—

그 긴 산의 시가 오늘, 우리의 발걸음과 기억 위에 천천히 마침표를 찍었다.

모두의 눈빛이 지금 이 정상보다 더 높이 빛나고 있었다.

지나온 산들을 내려다보며 인증 사진을 찍었지만, 오르막이 끝났다는 안도감보다는 지금까지의 고단함이 허무함으로 다가왔다.

그래서였을까, 지나온 내 삶도 기쁘고 즐거웠다는 추억보다는, 뭔가 아득하고 허전한 기분이 오래도록 머리에 맴돌았다.

"법정 스님께서 '여행이란, 지나온 인생을 되돌아보고 앞으로 어떻게 살아야 할지를 생각하는 것'이라고 하셨다는데…. 나도 그래야겠다고, 마음먹었다."

고개를 들어 우리가 걸어온 길을 바라보았다. 끝도 없이 이어지는 산과 또 산들. 어디가 요세미티였는지, 내가 정확히 어디서 출발했는지조차 알 수 없었다. 어떤 산을 지나 어떤 길을 걸어왔는지도 가물가물했다.

앞으로 어떻게 살아야 할까? 나는 하늘을 올려다보며, 지나온 산들에 조용히 물어보았다. 그러나 산은 아무 대답도 하지 않았다.

침묵하는 산 정상에 오래 머무르고 싶지 않았다. 정상에 올랐다는 기쁨보다 설명할 수 없는 슬픔이 가슴 가득 차올랐고, 눈물이 저절로 흘러내렸다. 손등으로 눈물을 훔치고는 천천히 산을 내려가기 시작했다.

조금 내려오다 대피소를 지나칠 즈음, 올라올 때는 미처 보지 못한 새파란 꽃 한 무더기가 눈에 들어왔다. 수목 한계선을 훌쩍 넘어, 이끼조차 없는 황량한 고도에서 피어난 그 꽃은 지금껏 본 어떤 초원의 꽃보다 선명한 색을 지니고 있었다.

그땐 이름을 몰랐지만, 하산 중 우연히 만난 레인저에게 물으니 '스카이 파일럿(Sky pilot)'이라 했다.

고도 4,000m를 넘는 척박한 돌밭에서 홀로 아름답게 피어난 꽃. 순간 '이 꽃의 씨앗은 별에서 떨어진 게 아닐까?' 하는 생각이

세상 밖으로
날아가다

들었다. 아니고서야, 이토록 강한 생존 의지를 어떻게 설명할 수 있을까.

그래, 이 작은 식물도 이런 극한 속에서 꽃을 피우는데…. 조금 늦은 감은 있지만, 나도 이제 저물어 가는 내 삶의 끝자락에서 어떤 어려움이 닥치더라도, 희망의 꽃을 다시 피우리라 다짐했다.

늦었다고 생각할 때가 오히려 가장 빠른 시작이라는 말이 떠올랐다.

뒤돌아보니, 흰 구름에 덮여가는 산이 웃고 있었다. 산에는 파란 꽃이 활짝 피어, 내 질문에 답을 주고 있었다.

내려가는 길, 휘트니 포탈까지의 돌길은 쉼 없이 이어졌고, 한 걸음씩 내디딜 때마다 우리가 지나온 모든 날들이 마음속을 스쳤다.

캐서드럴 호수에서의 밤, 그림 같은 에볼루션 밸리, 비와 바람 속의 뮤어 패스, 그리고 서로의 어깨에 기대어 걷던 침묵의 산길들.

모든 장면들이, 휘트니에서 휘트니 포탈로 내려가는 이 길 위에 덧칠되듯 겹치고 있었다.

산을 내려가다 저 아래쪽 경사 길에 다부진 모습의 동양인이 혼자 올라오는 모습이 보였다. 가까이 다가가니 10여 년 전 나와 함께 에베레스트 칼라파타르를 함께 올랐던 이성인 선배였다.

이 선배는 LA 남가주산악회 회원으로 에베레스트 트레킹 후 아주 산에 꽂혀 칠대륙 최고봉(7 Summits)을 완등한, 늦게 만개한

산악인이다.

휘트니 봉에서 새벽 일출 사진을 찍으려고 혼자 올라가고 있다고 하신다. 미리 만났으면 회포도 풀고 좋았을 텐데, 하다 서로의 스케줄로 아쉬운 작별 인사를 하였다.

이성인 선배와의 만남은 마치 길의 끝에서 기다리던 작은 선물 같았다. 존 뮤어 트레일을 완주했다는 선물….

나는 그 선배와 짧은 대화를 나누며 깨달았다. 이 트레일은 단지 산을 걷는 여정이 아니라, 삶을 다시 바라보게 해주는 긴 숨이었다는 것을.

다시 휘트니 포탈로 이어지는 내리막길은 끝도 없이 이어졌고, 그 길을 걸으며 문득 내 인생의 내리막도 이토록 길게 이어질까, 두려움이 스쳤다.

해가 높이 떠올랐을 무렵, 드디어 휘트니 포탈의 간판이 눈앞에 나타났다.

거기엔 사람들이 있었고, 식당에서는 맛있는 냄새가 풍겨왔고, 문명은 다시 우리를 향해 손을 내밀고 있었다.

우리는 마지막으로 서로를 껴안았다. 땀 냄새, 흙냄새, 그리고 그 안에 이 여정에서 만들어진 우정과 추억의 냄새가 고스란히 담겨 있었다.

18일. 338km. 수천 미터의 고도차. 그리고…, 단 하나의 길. 존 뮤어 트레일. 이제 끝났지만, 그 길은 우리 안에서 다시 시작되고 있었다.

"다들 고생 많았어요!"

"대장님, 너무 고마워요. 진짜 수고 많으셨어요….."

하은 엄마가 눈물을 머금고 울먹이며 말했다.

모두의 얼굴은 햇살에 그을린 듯 상기되어 있었다.

그때 영수 형이 말했다.

"여기 가이드북 보니까 조금만 더 내려가면 슈퍼 있다는데….
내가 맥주 살게!"

그러자 이홍식 선생님이 발끈했다.

"아니 영수 씨, 혼자 먼저 맥주 사는 기쁨을 누리면 곤란하죠.
제가 먼저 한잔 살 기쁨을 누려야겠습니다!"

현이 형이 웃으며 발길을 옮겼다.

"누가 사든지 간에, 어서 내려갑시다!"

슈퍼에 들어서자, 요세미티에 처음 왔을 때, 등반을 마칠 때마
다 주영이랑 줄곧 마셨던 쿠어스 맥주가 눈에 들어왔다.

우리는 캔맥주를 집어 들고, 뜨거운 햇볕을 피해 세쿼이아 나
무 그늘 아래 시원한 벤치에 둘러앉았다. 한 손에 맥주를 들고,
모두 숨을 고르듯 조용히 마셨다.

8일 전, 마지막 식량 보급지였던 마모스 스키장 인근 뮤어 트
레일 랜치에서 마신 이후 처음으로 다시 마시는 맥주였다.

캔을 따는 소리, 시원한 맥주가 목을 타고 내려가는 감촉, 갈증

과 더위가 한순간에 씻겨나갔다. 그 순간, 그간의 고생이 다 녹아내리는 듯했다.

존 뮤어 트레일을 떠나기가 아쉽고, 이곳에 조금 더 머물고 싶다는 생각이 들었다.

우리는 맥주를 더 사며 슈퍼 주인에게 론파인으로 가는 차량을 불러달라고 부탁했다.

론파인에 도착해서는 '외로운 소나무'라는 뜻의 통나무 롯지에 투숙했다. 따뜻한 물로 샤워를 하며, 며칠간 쌓인 피로가 스르르 씻겨 내려갔다.

남이 해주는 음식을 먹는 게 이렇게 좋을 수 있나 싶었다.

김강희가 웃으며 말했다.

"야, 남이 해주는 밥이 이렇게 꿀맛일 줄이야!"

하지만 그럴듯한 레스토랑에서 나파밸리 와인과 두툼한 스테이크를 앞에 두고 앉아 있어도, 산중 호숫가에서 야생화 가득한 초원에 텐트를 치고 아무 반찬 없는 즉석밥을 먹으며 별이 쏟아지던 그 밤의 감동과는 비교가 되지 않았다.

산을 내려온 지 몇 시간이 채 지나지 않았건만, 벌써 그 산이 그리웠고 다시 발걸음을 돌리고 싶은 마음이 들었다.

론파인의 산중 롯지에서 시에라네바다의 마지막 밤을 보내고, 다음 날 LA로 이동했다.

그 길 위에서, 설명할 수 없는 불안감이 조용히 가슴 한편을 스쳤다. 편안하고 익숙했던 산을 벗어나, 다시 복잡하고 빠른 도시로 돌아가야 한다는 사실이 마음을 무겁게 만들었다.

하지만 여행이란 늘 그런 것이었으니까—새로운 곳에 들어서기 전이나, 익숙한 곳을 떠날 때, 언제나 느껴지는 감정.

나는 창밖을 바라보며, 마음속으로 조용히 중얼거렸다.

"아무 사고 없이 잘 다녀왔네. 이제, 다시 열심히 살아야지."

Chapter 8

사고 – 로스앤젤레스

LA로 향하는 도중, 남가주산악회 주영에게 전화를 걸었다.

"주영아, 우리 존 뮤어 트레일 마치고 지금 론파인에서 LA로 가는 중이야. 내일 한국으로 들어가는데…. 오늘 저녁 시간 괜찮으면 오랜만에 술 한잔 어때?"

주영은 반갑게 웃으며 흔쾌히 수락했다.

우리는 웨스턴 애비뉴의 새로 생긴 쇼핑몰 '마당' 안에 있는 한식당 '반'에서 저녁 6시에 만나기로 했다.

중옥 형님께도 전화를 드렸다. 박현 형, 이영수 형이랑 같이 왔다고 하니, 형님도 '반'에서 합류하겠다고 하셨다. 오랜만에 그리웠던 얼굴들을 다시 볼 수 있다는 생각에 마음이 설렜다.

함께 트레일을 다녀온 대원들은 대부분 LA에 친지들이 있어, 오후에는 각자 자유 시간을 보내기로 했다.

호텔에 짐을 풀고, 현이 형, 영수 형과 함께 택시를 탔는데 식당은 호텔에서 멀지 않았다.

의외로 가장 늦게 올 줄 알았던 중옥 형님이 먼저 도착해 계셨다. 카마릴로에서 오셨으니 늦으실 줄 알았건만, 반가운 얼굴로 벌써 자리해 계셨다.

"야, 오랜만이구나! 여기서 다 만나게 되네. 여행은 어땠어?"

형님의 얼굴엔 기분 좋은 웃음이 가득했다.

"예, 최 대장이 식량을 여러 군데 데포해 놓고 산행했는데도…, 쉽지 않았습니다."

현이 형이 웃으며 대답했다.

"영수야, 너 마지막으로 본 게 2008년 네팔이었나? 넌 아주 그대로구나."

"형님도요! 하나도 안 변하셨어요."

영수 형이 웃으며 악수를 나눴다.

잠시 후, 주영이 나타났고 그 곁엔 존 뮤어 트레일을 출발할 때 잠깐 마주쳤던 종관의 후배가 함께였다.

"다들 오랜만이네요!"

중옥 형님이 그를 보고 물었다.

"이 친구는 제이슨이지? 이번에 종관이랑 등반 같이 했다고 했던가?"

"예, 형님. 뉴욕에서 종관 형이랑 요세미티 갔을 때 다 같이 인사드렸어요."

제이슨이 맨 끝자리에 앉으며 대답했다.

"그래, 이번엔 어디 올랐어?"

"엘 캐피탄 노즈 올랐고, 애스트로맨도 등반했어요."

"노즈는 이제 지겹지 않냐?"

형님은 익숙한 듯 웃으며 메뉴를 넘기셨다.

"이 식당은 누가 오자고 한 거야?"

"여기, 한국 음식 세계화한다고 정성 들여 오픈한 데예요. 베벌리힐스에 있는 우래옥 지점이에요."

"여기 최 대장이 가자고 했죠."

현이 형이 웃으며 대답했다.

"영국아, 너는 여행사 한다고 이런 데도 잘 아네."

"그동안 한국 음식 제대로 못 먹었을 텐데, 오늘은 맘껏 먹어. 내가 호스트 할게."

음식이 차려지고, 술이 한두 순배 돌기 시작하자, 이야기는 시간의 벽을 넘어 흐르기 시작했다.

87년도에 처음 중옥 형님을 만났던 이야기, 서울에서 막 사업을 시작할 때 겪었던 일들, 그리고 주영이 묻는 윤길수의 안부까지….

웃음과 추억이 끊이지 않았고, 술도 자연스럽게 따라졌다.

조용히 술을 마시던 제이슨은 제법 주량이 있는 듯 보였다.

"제이슨, 술 잘하네. 자, 한 잔 더."

"선배님, 저 주량은 별로인데…. 오늘은 좀 들어가네요."

그러더니 조심스레 말을 꺼냈다.

"근데…. 이따 시간 되시면 잠깐 말씀드릴 게 좀 있는데요."

"그래, 그럼 이따가 한잔 더 하자. 요세미티 첫날 아침에 밥도 잘 얻어먹었고 말이야."

중옥 형님이 웃으며 덧붙였다.

"영국아, 이제 너도 나이가 있으니 술은 적당히 마셔야 돼. 그냥 기분 좋게, 알았지?"

다들 취기가 돌기 시작했고, 식당은 따뜻한 온기로 가득 찼다.

중옥 형님이 계산을 마치고, 발레파킹 티켓을 주며 주영에게 말했다.

"영이야, 술 좀 마신 거 같은데 집엔 어떻게 가려고?"

"대리운전 부르려고요. 형님은요?"

"난 딱 한 잔만 마셨잖아. 벌써 다 깼어."

"다들 조심히 들어가고, 산에서 또 보자. 건강하게 잘 지내고!"

중옥 형님은 차를 타고 먼저 떠났고, 주영도 내일 아침 일찍 미팅이 있다며 헤어졌다. 제이슨만 우리와 호텔로 돌아와 바에서 한잔 더 하기로 했다.

호텔에 도착하자, 몹시 피곤한 기색의 현이 형을 본 영수 형이 말했다.

"영국아, 현이 형 많이 피곤해 보이시고 좀 취하신 것 같아. 먼저 방에 모시고 올라갈게."

"그래요. 제가 보기에도 더 마시면 안 되겠어요. 형님들 먼저 가세요."

나는 제이슨과 함께 바 안의 널찍한 소파에 앉아, 바텐더에게 맥켈란 싱글몰트 위스키를 더블로 주문했다.

"그래, 등반은 다들 잘했어?"

내가 먼저 물었다. 제이슨은 잔을 살짝 들어 올리며 고개를 끄덕였다.

"예…. 그런데…, 저만 남가주산악회고, 그때 요세미티에서 같이 있었던 민우 형님이나 종관이 형, 정수 형 등은 다 뉴욕산악회 쪽이라 아까는 말씀을 못 드렸는데요…."

그는 한참 머뭇거리더니, 결국 조용히 말했다.

"거기서…. 민우 형이…. 사고 나셨어요."

제이슨은 위스키 잔을 만지작거리며, 힘겹게 말을 시작했다.

"형님들 출발하고 나서 한 4일쯤 되었을 때였어요. 우린 엘 캐피탄 '노즈' 등반을 끝내고, 하루 쉬고 나서 다음 날 '워싱턴 칼럼'의 '애스트로맨' 등반을 준비하고 있었어요. 장비랑 식량을 챙기고 있는데, 민우 형이 그러시더라고요. 엘 캐피탄 등반 이후로 너무 지쳐 있고, 지금 상태로는 애스트로맨은 무리일 것 같다고…. 우리가 애스트로맨 등반을 하는 동안 트레킹을 하거나 캠프를 지키겠다고 하셨어요."

제이슨은 잠시 말을 멈췄다. 손끝이 살짝 떨렸다.

"그래서…. 셋이서만 등반하러 나갔어요. 그런데, 우리가 등반 중일 때…. 사고가 났어요."

"아니, 등반도 안 했는데 무슨 사고야? 어디서 났는데?"

내가 다급하게 물었다.

제이슨은 위스키 잔에 남은 술을 단숨에 비우더니, 고개를 떨구고 말했다.

"민우 형이…. 엘 캐피탄 정상 쪽으로 트레킹을 가셨나 봐요. 그리고…. 동벽 쪽에서, 그곳에서…."

그의 목소리가 점점 작아졌다.

"…그냥, 뛰어내리셨어요."

"아니, 그게 무슨 말이야? 자, 자살…했단 말이야?"

제이슨은 천천히 고개를 끄덕였다.

"믿기지 않았어요. 등반 끝내고 돌아와 보니 형이 안 계셨고 처음엔 그냥 슈퍼에 갔던지, 아니면 어디 짧은 트레킹을 갔나 싶었어요. 그런데 해가 떨어져 어스름해질 무렵까지 오시지 않으셨어요. 처음에는 모두들 별생각 없이 슈퍼에 가셨거나 짧은 트레킹 나가신 줄 알았죠. 그런데 한참 동안 돌아오지 않아 궁금해하다 텐트 안 베개 위에 놓인 편지를 발견한 거였어요. 편지를 읽고 나서야…. 형이 떠난 걸 알았어요."

나는 입을 다물 수가 없었다.

"아니, 왜 그랬지? 우리 존 뮤어 트레일 떠나기 전에 써니사이드 캠핑장에서 나를 만나 정말 좋아했잖아. 그때 그렇게 환하게 웃었는데…. 나는 아무 눈치도 못 챘는데…."

제이슨이 고개를 끄덕이며 말을 이었다.

"예, 형님 뵙고 정말 좋아하셨어요. 형님들 떠나신 다음에도, 한동안 계속 뭔가를 쓰셨어요. 편지를 쓰고 계신 줄은 몰랐지만…. 아마 형님께 드리는 편지였을 거예요."

조용히 흐르던 대화가 다시 이어졌다.

"제가 뉴욕에서 민우 형이랑 일을 많이 했어요. 저는 목수 일을 하거든요. 뉴욕 쪽은 오래된 아파트 리노베이션이 많아서 기술자가 부족해요. 형은 타일 마감하고 위생기기 설치하고, 저는 목공 마감하고…. 늘 한 팀이었죠. 사실 그 전부터 종관이 형 덕분에 친하게 지냈고요."

그의 표정이 잠시 어두워졌다.

"그런데 몇 년 전부터 민우 형 건강이 좋지 않았어요."

"어디가 아팠어요?"

내가 물었다.

"그걸 병이라 불러야 할지…. 형님, 이명증이라고 아세요? 귀에서 이상한 소리 들리는 거요."

"알지. 근데 농아도 이명증이 있어? 아무 소리도 못 듣는 거 아니야?"

"예, 저도 그렇게 알았는데…. 이명증은 실제로 나는 소리가 아니라, 귀 안에서 자기만 듣는 소리래요. 매미 소리나 벌레 소리처럼…. 그게 밤에 잠을 자려 하면 들리니까, 정말 미쳐버릴 정도라 하셨어요."

나는 숨을 들이켰다. 그래서 잠도 잘 못 자는구나….

제이슨이 말을 이었다.

"은서가 보스턴으로 독립한 이후로 더 힘들어하셨어요. 광고 회사에 취직해서 잘 다니긴 하는데…. 형님, 아시죠? 은서 엄마랑 형이랑, 같이 산다고 하긴 어려운 사이였잖아요. 밥도 따로 먹고, 말도 거의 안 하고…. 그냥 같은 집에 있다는 것뿐이었어요."

"그래도 부부잖아. 같이 사는 거 아니었어?"

내가 되물었다.

"형님, 그건 무늬만 부부였어요. 어떻게 보면…, 같이 사는 강아지도 그 정도로 무심진 않을걸요. 요즘 그런 부부 많다고는 하지만…. 그건 진짜 외로운 삶이었어요."

그가 말을 이었다.

"형수는 잘나가시는 것 같아요. 주얼리 숍 수석 매니저라던데요. 한국어도 잘하고 일본어, 영어까지 능통하고…. 형님이랑 잘 안 어울렸을 거예요. 심지어 일본인 남자 친구 있다는 얘기도 들렸고요."

그 말에 나는 멍해졌다. 그리고 혼잣말처럼 중얼거렸다.

"그래도…. 어머니 돌아가셨을 땐 연락이라도 하지. 한국에 왔었다며…."

"형님 성격 아시잖아요. 장애가 있으셔서인지 남한테 신세 지는 거 정말 싫어하셨잖아요. 미국에서 연락도 잘 못 하고 지내다가, 어머님 돌아가셨다고 이제 와서 무슨 낯으로 연락하시겠어요."

"그땐 그래도 증세가 가벼워 참을만했던 것 같아요. 근데 어머니 돌아가신 뒤로는…. 이명증이 정말 심해졌대요."

나는 말없이 술잔을 들었다.

"제이슨, 오늘 그냥 여기서 나랑 자고 내일 아침에 가요. 어차피 술도 적지 않게 마셔 운전도 힘들 테니까…."

제이슨도 잔을 기울이며 조용히 말했다.

"저도 집에 안 가도 괜찮아요. 집에서 누구 기다리는 사람도 없고. 같이 룸으로 올라가서 이야기 조금 더 나누죠."

우리는 호텔 방으로 올라갔다.

그는 애스트로맨 등반 이후 사고 소식을 들은 순간부터, 사고 수습까지 있었던 일들을 덤덤히 이야기해 줬다.

나는, 말없이 그의 이야기를 들었다. 피로와 술기운이 한꺼번에 밀려와 옷도 벗지 못한 채 그대로 잠에 빠져들었다.

아침에 호텔 식당에서 동료들과 마주쳤을 때, 민우에 대한 이야기는 꺼내지 않았다.

"어제 약주 좀 하셨나 봐! 얼굴이 더 시커멓게 타신 것 같네?"

김강회가 웃으며 말했다.

"어…. 어제 술 좀 마셨어."

나는 무심하게 대답했다.

"요세미티에서 만난 제이슨이랑…."

제이슨이 모두에게 인사를 건넸다.

"안녕하세요."

체크아웃을 한 후 공항으로 향하는 셔틀버스를 기다리다 그와 악수하며 말했다.

"제이슨 잘 지내요! 이번에 민우 때문에 고생 많이 했고, 내가 신세 졌네요! 서울에 오게 되면 꼭 연락을 해요! 내가 신세 갚을 테니까…."

"형님 무슨 말씀을, 오히려 제가 신세를 졌죠!…. 민우 형 일은 당연히 제가 해야 할 일이고…. 형님들, 모두 다음에 또 뵙겠습니다."

셔틀버스는 공항을 향해 달렸다.

비행기에 올라타자, 그간의 긴장이 한꺼번에 풀렸다.

나는 눈을 감았다. 서울까지 오는 내내, 단 한 번도 눈을 뜨지 않았다.

Chapter 9

편지 – 서울

회사로 복귀한 첫날, 책상 위는 고지서 등 각종 우편물로 가득했다.

그중에서 유난히 눈에 띄는 봉투 하나. 요세미티 국립공원 소인이 찍힌, 두툼한 편지.

민우였다.

> 영국아,
>
> 네가 이 편지를 읽고 있을 때면 나는 아마 다른 세상에서 홀로 등반을 하고 있겠지.
>
> 벌써 우리가 처음 만난 지 40년쯤 되었나?
>
> 대학교 1학년 때 너를 처음 만났던 순간이 아직도 또렷이 기억나.
>
> 그때부터 지금까지, 말로는 다 하지 못했지만 마음속으로 얼마나 고마워했는지 몰라.

한 번도 제대로 인사를 못 했는데, 이제서야 이렇게 말하게 되네.

정말 고마워, 영국아.

이번 요세미티에서 너를 다시 만날 줄은 정말 생각도 못 했어.

그저 반가운 재회일 뿐만 아니라, 내 인생의 마지막 선물을 받은 기분이었어.

그런데 이렇게 갑작스럽게, 신세만 지고 떠나게 되어 정말 미안해.

혹시 언젠가, 아주 나중에라도 네가 내가 있는 곳에 오게 된다면 그때는 내가 자리 단단히 닦아놓고 기다리고 있을게.

그동안 받은 고마움, 이자까지 붙여서 꼭 갚을게.

놀랐지?

내가 왜 이런 결정을 내렸는지 말이야.

처음 미국에 왔을 때만 해도 은서도 어렸고,

서울에서 가져온 돈도 한정돼 있었고, 자리를 잡으려면 정말 열심히 살아야 했어.

한인교회 도움으로 세탁소에 일하게 되었고,

은서 엄마는 집에서 아이를 돌보며 생계를 도왔지.

힘들었지만 행복했어.

삶의 목표가 분명했고, 매일이 보람 있었지.

세탁소 일에 익숙해질 무렵,

그동안 모은 돈에 서울에서 가져온 돈까지 보태 유대인이 운영하던 세탁소를 인수하게 됐어.

정말 열심히 일했어.

은서 엄마도 아이가 좀 크자 함께 일하러 나왔고,

그렇게 조금씩 삶이 제자리를 찾아가기 시작했어.

내가 장애가 있어도, 가족을 부양할 수 있다는 자부심이 생겼고

은서 교육도 남들 못지않게 시킬 수 있다는 게 뿌듯했어.

은서는 외할아버지를 닮았는지 공부를 아주 잘했어.

예술적인 감수성도 타고나서, 정말 대견한 아이였지.

바쁘기도 했고, 일이 잘 풀려서

그때는 너한테 연락할 여유조차 없었어.

그런데 말이야,

호사다마라고 했던가?

좋은 일이 오면 나쁜 일도 따라온다더니,

한국에서 IMF가 터지고 얼마 안 됐을 무렵, 큰일이 터졌어.

그날도 평소처럼 혼자 세탁소에 있다가,

점심 먹고 잠깐 졸았는데

그새 보일러가 과열돼 드라이 유화제에 불이 붙었어.

불은 순식간에 번져 세탁소뿐 아니라 건물 전체로 퍼졌고,

보험으로는 감당이 안 되는 큰 피해를 줬어.

집도 팔고, 모은 돈도 다 날리고,

결국 파산했지.

그 후로 그로서리, 피시마켓 같은 데서 일도 해보고

제이슨이랑 건축 현장에서 일도 하면서 다시 버텼어.

은서 엄마도 보석 가게에서 일하기 시작했고,

은서 고모들이랑 내 동생들 도움도 좀 받았지.

다행히 동생들은 보스턴에서 정착 잘해서, 그들이 많이 도와줬어.

911 이후 건축 붐이 일면서 기능공이 부족하니까

처음엔 데모도 하다가 타일 일을 배우기 시작했어.

처음엔 보조였는데, 깔끔하게 마감하는 걸 잘 봐준 덕에

제이슨네 팀에 합류해서 함께 일했지.

그렇게 다시 조금씩 살아갈 희망이 생겼어.

장애가 있어서 그런지, 나는 일에 집중을 잘했거든.

돈을 벌면 집 모기지 내는 데 보태고, 은서 학비 대주고,

그게 삶의 낙이었어.

귀에서 이상한 소리가 날 때도 있었지만,

그땐 피곤해서 그런가 보다 했지.

그런데 엄마가 돌아가시고 난 후,

어느 순간부터 꿈속에서 엄마가 나를 부르는 소리가 들리기 시작했어.

피곤해서 그런가 했는데, 그 소리가 밤에도 계속 들리는 거야.

이제는 잠도 제대로 못 자겠더라고.

네가 알지 모르겠지만,

나 국민학교 2학년 때까진 소리를 정상적으로 들었어.

마지막으로 들었던 소리는 엄마와 함께 놀러 갔던 뚝섬 유원지

에서 울리던 매미 소리였어.

맴맴맴…. 그 소리만큼은 내 기억 속에 강하게 남아 있었지.

장애가 생기고 난 후,

늘 그 매미 소리를 다시 듣고 싶었어.

진심으로, 간절하게 언제 다시 그 매미 소리를 들을 수 있을까?

그런데…. 엄마가 돌아가신 뒤

그 매미 소리가 내 귀에 다시 들리기 시작했어.

너무 오래 원했던걸,

엄마가 소원 들어주시는 건가 싶기도 했지.

하지만 그 소리가

밤낮없이, 쉴 새 없이 들리니….

진짜 미치겠는 거야.

잠자리에 들면

'엄마, 이제 그만 울게 해주세요.'

매일 기도도 해보고,

귀에 솜도 막아보고,

병원도 다니고, 침도 맞아보고, 정신과 상담도 받아봤어.

하지만 소리는 사라지지 않았어.

잠도 못 자고, 일도 잘 안되고

사람처럼 사는 것 같지가 않았어.

은서 엄마는 점점 나를 이상하게 보더니

나중에는 벌레 쳐다보듯 하더라고.

말도 없고, 밥도 따로 먹고….

서로 그냥 같은 집에서 산다는 느낌뿐이었어.

그나마 버티고 살던 내가

정말 무너졌던 건, 은서 때문이었어.

지금은 괜찮지만,

혹시라도 은서가 나처럼 청력을 잃는다면?

혹시라도 내게 찾아온 이 병이 아이에게도 간다면?

그 생각이 머릿속에서 떠나질 않았어.

말도 안 되는 걱정이지만,

내 마음은 자꾸 그쪽으로만 달려갔지.

그래서….

먼저 가기로 마음먹었어.

내가 가서

엄마한테 "그만 부르세요." 하고 말하고 싶었고

이 귀를 맴도는 매미 소리, 그만 멈추게 하고 싶었어.

그런 와중에 너를 다시 만났다는 게,

정말 놀랍고 기뻤고,

내 인생 마지막 순간에 받는 선물 같았어.

도봉산 표범길 테라스…. 기억나지?

너를 만난 그 순간부터

함께 산을 다녔던 날들이

내 인생 최고의 추억이었어.

정말 고마웠어, 영국아.

다음 세상에서는

요세미티의 밤하늘 아래,

네 선배가 연주하던 조그만 기타 소리를

나도 꼭 함께 듣고 싶어.

그 소리가 어떤 소리였는지

정말 너무 궁금했거든.

민우.

Chapter 10

에필로그 – 도봉산

　성산동에서 '애스트로맨 인공암장'을 운영하고 있는 산악회 후배 윤길수에게 전화를 걸었다.

　"길수야, 잘 지냈지? 요즘 어떻게 지내냐?"

　"어, 형! 오랜만이네요. 뭐 별일 있겠어요? 형도 잘 계시죠?"

　길수는 학교가 개강해서 무척 바쁘다고 했다. 서울산업대에 출강하던 건 알고 있었지만, 지난 학기부터는 홍익대에도 출강하게 되었다고 한다.

　그가 맡은 암벽등반 기초 교육은 교양 과목 중 하나인데, 수강 신청 첫날에 마감될 정도로 인기가 높다고 했다.

　나는 그에게 존 뮤어 트레일을 다녀온 이야기와, LA에서 주영과 중옥이 형을 만났던 일, 그리고 민우에 관한 이야기도 살짝 꺼냈다.

　하지만 길수는 민우의 사고에 대해 모르는 것 같았다. 나도 굳이 이야기를 꺼내지 않았다.

"이번 주 클럽 산행은 어디로 가니?"

"아마 도봉산일 거예요. 지난달엔 인수봉 다녀왔으니까요."

"잘됐네. 너도 갈 거야?"

"예, 특별한 일 없으면 갈 생각이에요."

"그럼 나도 갈게. 이번 일요일, 몇 시에 어디서 보면 되니?"

"도봉파출소 앞으로 8시까지 오세요."

일요일 아침, 이른 시간부터 서둘러 지하철을 타고 도봉역에 도착했다.

도봉파출소에 도착하니 아직 7시 30분, 후배들은 아무도 보이지 않았다. 나는 버스 종점 건너편 식당에서 물과 김밥을 사며 당일 산행 준비를 했다.

8시가 가까워지자 길수를 비롯해 원아, 형기, 한성, 영준 등 산악회 후배들이 하나둘씩 도착했다.

"다들 오랜만이다! 내가 김밥 열 줄 샀으니까 물만 챙기고 그냥 올라가자."

도봉산장을 지나 석굴암 쪽으로 오르며 길수에게 말을 건넸다.

"길수야, 오늘 표범길을 오르고 싶다. 네가 나랑 같이 로프 좀 묶어주면 좋겠는데."

"어이구 형, 웬일이우? 등반까지 하자 하시고. 무슨 바람이 드셨어요?"

하며 약을 올린다.

석굴암에 도착한 우리는 워킹조와 등반조로 나뉘었다. 워킹조는 오봉까지 다녀오기로 하고, 우리는 선인봉으로 향했다.

표범길과 거미길 두 팀으로 나누고 정상에서 다시 만나기로 했다.

헬멧을 쓰고 안전벨트를 착용한 뒤 로프를 묶고 등반을 시작했다. 첫 피치를 오르자, 30년 전 민우를 처음 만났던 그날이 떠올랐다.

그때보다 체중은 10kg이나 늘었고 근력도 형편없었지만, 스텔스창이 붙은 5.10 암벽화와 초크 덕분에 세 칸씩 따라 올라가는데 그다지 힘들지 않았다. 하지만 크럭스가 나타날 때면 줄을 당겨달라 외치고, "빌레이 잘 봐!" 하고 소리쳤다.

날개를 지나 허리 크랙을 넘자, 민우를 처음 만났던 표범 테라스에 올라섰다.

그때는 여기서 바로 하강했지만, 오늘은 거미길을 오르는 후배들과 정상에서 만나기로 했기에 왼편으로 뻗어 있는 침니를 타고 계속 올랐다.

침니가 끝나고, 쉬운 슬랩을 지나자 하늘로 향한 바위 틈새가 나타났다. 동굴 같은 그 틈으로 들어서자 눈앞이 깜깜해졌다. 낮의 밝은 햇살에 길들어 버린 눈은 어둠 속에 잠시 아무것도 보지 못했다.

좁은 침니를 더듬더듬 오르며 눈이 어둠에 익숙해지자, 끝에 뚫린 틈으로 파란 하늘이 보이기 시작했다.

저 어둠의 끝, 빛이 쏟아지는 그곳에서 바람 소리가 들려왔다. 윙윙거리는 바람은 마치 민우가 손짓하며 어서 올라오라고 부르는 소리 같았다.

정상에 오르자, 산들산들 부는 바람이 땀을 식혀주었고, 구름 한 점 없는 푸르고 높은 가을 하늘이 너무도 청명했다.

길수가 퀵드로우와 캠 등을 정리하는 동안, 나는 로프를 사리고 있었다.

거미길을 오른 후배들이 만장봉 쪽 숲에서 나타났다. 장비를 정리하고 우리는 하산을 시작했다.

하강길은 여전히 버겁고 조심스러웠지만, 천천히 도봉산장까지 내려왔다. 오봉까지 다녀온 워킹조 후배들이 우리를 기다리고 있었다.

산장 아주머니께 인사를 드린 뒤, 버스 종점 근처의 감자탕집으로 향했다.

30년 전 민우를 처음 만났을 때 들어갔던 그 감자탕집이 떠올랐다. 도봉천 위에 대충 지어진 엉성한 간이 건물이었고, 감자탕을 먹다 보면 널판자 틈 사이로 흐르는 물이 보이기도 했었다.

이 집이 바로 그 집이 이전한 건지는 모르겠지만, 감자탕에 콩을 갈아 넣은 맛이 그때의 그것과 같았다.

"여기 너희들 중에 민우 얘기 들어본 사람 있니?"

길수를 빼고, 원아가 말했다.

"얘기는 들었어요. 형네 동기셨다는, 농아인이셨다는….."

"그래, 내 나이 스무 살 무렵 함께 등반했던 친구였어."

나는 소주를 따르고, 돼지 등뼈에 붙은 고기를 발라 먹으며 존 뮤어 트레일 이야기를 시작했다. 요세미티의 써니사이드 캠핑장에서 종관을 만났던 일, LA에서 종관의 후배 제이슨을 통해 들은 민우의 소식, 그리고 민우가 내게 보냈던 편지까지…. 아주 담담하게 이야기했다.

테이블 위에 소주병이 쌓여갔지만 납작한 양은 냄비 속에 끓고 있는 감자탕은 그다지 줄어들지 않았다.

아까 하강을 준비하며 선인봉 정상에서 바라봤던 하늘이 다시 생각나며 지난 여름이랑 다르게 부쩍 높아졌다는 생각과 이제 가을로 완전히 들어섰다는 생각이 들었다.

그때 높고 파란 가을 하늘에 간신히 매달린 흰 구름이 우리 세대와 같이 애처롭고 안쓰럽다는 생각이 들었다.

"어렸을 땐 학교에서 강냉이죽과 우유 덩어리를 받아먹으면서도 배고팠고, 고등학교 땐 교련 교육에 폭력이 난무했지. 대학은 강의실보다는 데모와 최루탄 연기 속에서 보냈고, 군대는 3년 가까이 말할 수 없이 비인간적이었어…. 그러다 박정희가 죽고 전두환, 노태우로 이어졌지. 사회생활은 또 어떻고…. 은퇴한 우리 세대 사람들은 이제 집에서는 개보다 못한 순위야. 애들, 와이프, 강아지, 그리고 나."

민우의 죽음이 우리의 피곤하고 고단한 삶과 겹치며, '민우는…. 거기에 장애까지 있었으니 얼마나 더 힘들었을까….' 하는 생각이 들었다. 눈물이 핑 돌았다.

"우리는 항상 외롭고 고독했지. 고생만 하며 살아온 것 같아."

민우가 한 말이 떠올랐다.

"나는 아무리 노력하고 열심히 살아도, 주어진 삶의 반만 사는 것 같다…."

그때, 원아가 말했다.

"그래도 형은 하고 싶은 거 거의 다 하고 사셨잖아요. 여행도 수없이 많이 다니시고, 리나도 잘 키우셨고요."

나는 잠시 말을 멈추었다가, 천천히 말했다.

"원아야, 지금 네가 본 내 모습은…. 내 삶의 아주 작은 일부일 뿐이야. 사실 나는 늘 혼자였고, 우리 세대 누구나 그랬지. 앞으로도 아마 그럴 거야. '무소의 뿔처럼 혼자서 가라.'는 말처럼, 인생은 결국 혼자 가는 길이니까…. 그래도 가족이 있고 친구가 있으면, 그 외로움이 조금 덜할 뿐이지. 다음 세상에서 긴 여행을 떠나게 될 때도, 지금 같은 친구들이 함께였으면 좋겠어."

길수가 정색하며 말했다.

"아이고 형! 지금도 산 같이 다니는 거 지겨워 죽겠는데, 다음 세상까지 같이 가라고요? 난 됐네요, 됐어. 얘들이랑 잘해 보슈."

술잔 위로 민우의 젊은 시절 얼굴과, 요세미티에서 본 민우의 얼굴이 오버랩되었다. 과연 어느 쪽이 진짜 민우일까?

민우가 어릴 적 어머니와 뚝섬 유원지에서 들었던 매미 소리와, 나이 들어 귀에서 계속 들린다는 매미 소리는 어떻게 다를까?

안주는 거의 손대지 않았고, 소주잔은 계속 비웠지만, 생각은 오히려 말짱해졌다. 내가 술에 취한 건지, 정신이 맑은 건지도 모르겠다.

산자락 어귀 감자탕집에서 술을 마시며 문득 생각했다. 여긴 산속일까, 아니면 속세일까? 어디까지가 땅이고, 어디서부터가 산일까? 앞으로의 삶에서 어디까지가 현실이고, 어디부터가 꿈일까?

내가 지금껏 살아온 삶에서 어디서부터가 진실이고, 어디까지가 거짓이었는지도 알 수 없었다.

개똥밭에 굴러도 이승이 낫다는데, 정말일까?

천당과 극락은 같은 곳일까? 어쩐지 그곳은 재미는 없을 것 같다는 생각만 들었다.

그곳에도 산이 있을까? 궁금했다.

추석이 다가오고, 해는 이미 떨어졌지만 아직 늦더위가 남아 있었다.

계절은 완연한 가을로 들어섰건만 귀를 찢을 듯 울어대는 매미 소리가 귀에 쩌렁쩌렁 울렸다.

그 소리가 진짜 매미 소리인지, 아니면 술기운 때문에 들리는 소리인지 분간이 안 되었다.

그 소리에 가려진 가느다란 풀벌레 울음소리만이, 존 뮤어 트레일의 야영지에서 들었던 소리처럼 느껴졌다.

그 가냘픈 울음은….

세상 밖으로 날아간 민우의 울음소리 같았다.

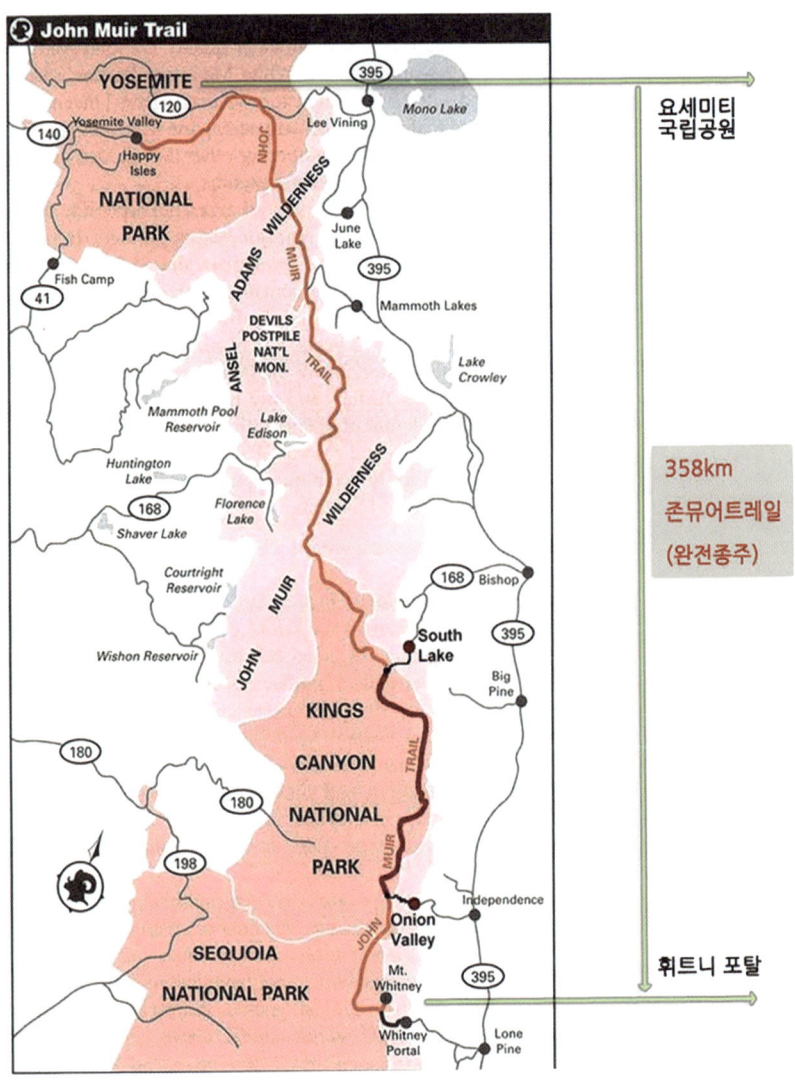

요세미티
국립공원

358km
존뮤어트레일
(완전종주)

휘트니 포탈

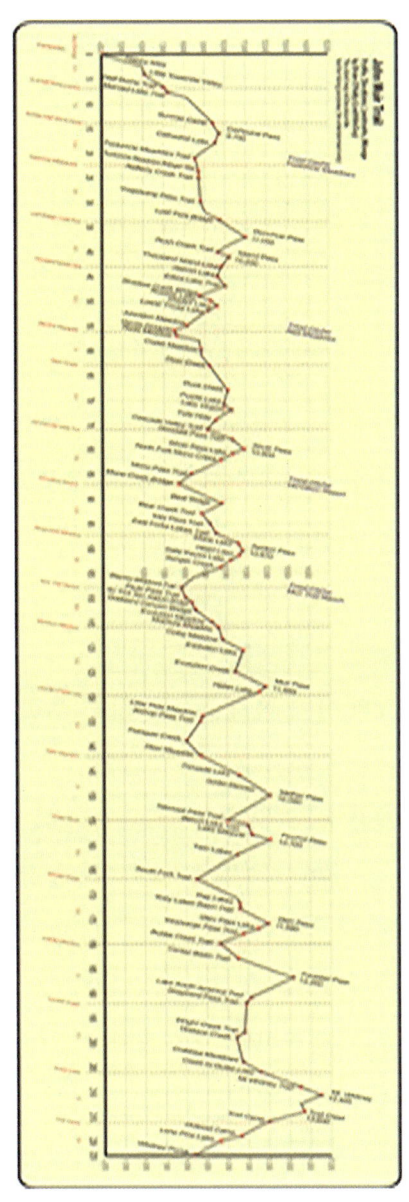

낙천적 여행주의자의
내면 일기

| 심산(작가)

　최영국과의 인연을 되짚어 보자니 이 또한 아마득하다. 그와
함께했던 산행과 여행의 나날들을 손꼽아 보자니 벌써 30년도
훌쩍 넘는 세월이 주마등처럼 스쳐 지나가며 입가에 미소를 맴
돌게 한다. 따져보면 내 인생의 절반을 그와 함께 보낸 셈이다.
그와 함께 산에 오르고 길을 걷고 웃고 떠들고 마시며 보냈던 나
날들 중에서 유쾌하지 않았던 순간이 없다. 그는 내가 알고 있는
가장 유쾌한 사내다.

　하지만 최영국을 그저 '가장 유쾌한 사내'라고만 정의한다면
장님 코끼리 만지기에도 못 미치는 직무 유기에 해당한다. 그를
한마디로 정의하는 것은 거의 불가능하다. 그는 매우 육체적이
고, 실용적이며, 현세적인 인간이다. 그는 산악인이며 여행가이
며 사업가이기도 한데, 이 모두를 꿰뚫는 키워드는 결국 '여행'
이 아닌가 싶다. 남들이 보기에는 '그저 놀러 다니는' 것처럼 보

이는 이 여행을 그는 참으로 치밀하게 계획하고 집요하게 실행에 옮긴다. 그는 낙천적 여행주의자다.

그는 또한 뛰어난 요리사이기도 하다. 나는 그가 히말라야 트레킹에서 손수 만들어주었던 냉면과 잡채의 맛을 잊지 못한다. 그가 알프스 트레킹에서 담가줬던 김치와 황기 백숙의 맛은 또 어떤가. 그는 항상 최악의 조건에서도 놀라운 솔루션을 찾아내어 최선의 결과를 만들어 낸다. 낙천적이고 유쾌한 사람만이 해낼 수 있는 '삶의 예술'이다. 덕분에 그와의 동행은 언제나 즐거웠고 유쾌했으며 행복했다. 나는 그를 같은 핏줄이 흐르는 도반(道伴), 곧 나의 친형처럼 여기며, 그와의 인연에 대하여 언제나 감사하고 있다.

최영국이 한국뽠트클럽 창립 50주년이자 자신의 고희를 기념하고자 "세상 밖으로 날아가다"라는 산악소설을 펴냈다. 저자는 "누군가는 이 책을 여행기로 읽을 것이고, 누군가는 소설로 느낄 것"이라고 했다. 밀란 쿤데라가 말하는 "전적으로 소설적인 에세이 혹은 전적으로 에세이적인 소설" 정도에 해당하리라. 게다가 등장인물들 중 '김민우'를 제외하고는 모두들 실명으로 등장하는 '실명 소설'인지라, 그들의 대부분을 알고 있는 나로서는 읽는 감회가 남다를 수밖에 없었다. 귀에 익숙한 그들의 목소리가 실시간으로 음성지원이 되어 읽는 내내 피식 웃다가 이따금씩 눈시울이 뜨거워지는 희한한 독서 체험을 했다.

이 책의 내용 중 어디까지가 사실이고 어디부터가 상상인가를 따지는 것 자체가 무의미하다. 최영국이라는 인간 자체가 방외인(方外人)이니, 이 책은 방외인의 문학이다. 아니 어쩌면 소설 혹은 문학이라는 규정의 방외(方外)로 나아가 버렸으니 굳이 문학이라 부르지 않아도 무방하다. 최영국 역시 방내(方內)의 규정이나 평가 따위에는 전혀 개의치 않으리라 확신한다. 그런 뜻에서 이 책의 제목은 그 내용들을 간결하게 표상하고 있는 셈이다. 세상 밖으로 날아가다.

"세상 밖으로 날아가다"는 18일 동안 원시 자연 속의 길 359km를 걷는 존 뮤어 트레일을 중심에 놓고 어린 시절에 만났던 농아 산악인 김민우와의 인연과 이별에 대하여 회고하는 형식을 취하고 있다. 도봉산 선인봉의 표범길은 그와 처음 만나고 사후 그를 추억하는 수미상관의 바윗길로 등장한다. 책을 다 읽고 나면 뚝섬의 매미 소리가 이명(耳鳴)처럼 귓전을 감돌아 술잔을 기울이게 만든다. 이 길고 굴곡진 이야기를 어떻게 받아들이는가는 온전히 개별 독자들의 몫이다.

나로서는 내가 잘 알고 있다고 생각했던 최영국의 내면을 선입견 없이 들여다볼 수 있는 뜻밖의 기회였다. 언제나 낙천적이고 유쾌하게만 보였던 그의 내면이 이토록 섬세하고 다정다감하였다니. 그의 호탕한 웃음소리 뒤에 숨겨져 잘 보이지 않았던 내면의 풍경이 가끔씩은 이렇게 허전하고 쓸쓸하였다니. 그런 뜻에서 나는 이 책 "세상 밖으로 날아가다"를 한 낙천적 여행주의자의 은밀한 내면 일기로 받아들이며 소중하게 읽고 또 곱씹는다.

최영국은 이 책의 글들을 탈고하고 출간하는 과정에서 가장 소중했던 두 친구를 잃었다. 이동민과 김강회. 나 역시 잘 알고 사랑했던 형들이라 이 자리를 빌려 그들의 명복을 빈다. 나 또한 최영국과 마찬가지로 안다. 우리가 그들보다 오래 살아남을 수 있었던 것은 단지 운이 좋아서였을 뿐이라는 것을. 그리고 소망한다. 최영국은 한국빤트클럽 창립 50주년과 자신의 고희를 넘어 사람들을 행복하게 만드는 그 호탕한 웃음소리를 오래오래 우리에게 들려주기를.

세상 밖으로
날아가다

초판 1쇄 발행 2025. 9. 10.

지은이 최영국
펴낸이 김병호
펴낸곳 주식회사 바른북스

편집진행 황금주
디자인 양헌경
마케팅 송송이 박수진 박하연

등록 2019년 4월 3일 제2019-000040호
주소 서울시 성동구 연무장5길 9-16, 301호 (성수동2가, 블루스톤타워)
대표전화 070-7857-9719 | **경영지원** 02-3409-9719 | **팩스** 070-7610-9820

•바른북스는 여러분의 다양한 아이디어와 원고 투고를 설레는 마음으로 기다리고 있습니다.

이메일 barunbooks21@naver.com | **원고투고** barunbooks21@naver.com
홈페이지 www.barunbooks.com | **공식 블로그** blog.naver.com/barunbooks7
공식 포스트 post.naver.com/barunbooks7 | **페이스북** facebook.com/barunbooks7